JN319667

二見文庫

元アイドル奥様、貸し出します。

渡辺やよい

目次

元アイドル奥様、貸し出します。

プロローグ

「さあ、あいちゃん、全部脱いでごらん」

男の声は、興奮でかすれていた。

灯りを落とした薄暗い部屋の真ん中に、菅野愛《かんのあい》は震えながら立っている。

彼女は白レースのブラジャーとパンティだけを身につけていた。

足元に、脱ぎ捨てた服が散らばっている。

部屋の隅の大きなダブルベッドの上には、でっぷり太った中年男が全裸で腰掛けていた。頭皮は薄く、顎が脂肪でだぶつき、あぐらをかいた鼻の穴からふうふうと荒い呼吸を繰り返す。男の細い目は、欲情して血走っている。

「も、もうこれで許してください……」

愛はほっそりした両腕で胸元を覆い隠しながら、消え入りそうな声で懇願する。

その少し舌っ足らずな口調に、男がうっとり目を細めた。

「うう——そのアニメ声、変わんないねぇ。ああ、ぞくぞくするよ」

男の目がふいに冷酷な光りを宿し、口調が乱暴になった。

「いくら払ったと思ってんだ！」

愛はびくりと華奢な肩をすくめ、深く息を吐き出すと、両手でブラジャーのフロントホックをそっとはずした。

はらりと左右にブラのカップが開くと同時に、ぷるんとたわわな乳房がまろび出る。小玉スイカのようなDカップの巨乳は、とろりと重たげに少し下を向き、それがかえって成熟した女の魅力を漂わせている。続けて愛はパンティを引き下ろして両足から抜き取り、一糸まとわぬ姿になった。

華奢な肩にかかる豊かな黒髪。艶のあるほっそりした首筋、豊満な乳房、薄く脂肪の乗った丸みを帯びた下腹部、むっちり肉付きの良い太腿、その狭間の黒々とした茂み、すんなりと伸びた膝下。

男がごくりと生唾を呑み込む、大きな音がした。

「ああ、あいちゃん。そんなにおっぱい大きくなっちゃって。うう、いつの間にかすっかり大人になっちゃって——」

男は感慨深げに溜め息をつく。それから少し腰を浮かせ気味にして、愛に言う。

「その可愛いお口で、おじさんのモノをしゃぶっておくれ」

愛は覚悟を決めて、ゆっくりとベッドに足を運ぶ。

男の前に跪《ひざまず》くと、そっと蒼白な顔を上げる。

男のペニスはすでに半勃《だ》ちになっている。剛毛に覆われた赤黒く醜悪な肉塊に、愛は白い指先を伸ばす。たるんだ肉体に似合わず、男のペニスは極太だ。じんわりと生暖かい淫棒の感触に内心怖気《おじけ》を震いながら、愛は息を止めて男の股間に顔を沈みこませた。

おずおずと桃色の舌を差し出して、亀頭の先を撫で回す。男の全身が、ぴくりと震える。

「う、うう。あこがれのあいちゃんが、俺のち○ぽを舐めてくれるなんて……」

愛は顔をしかめながらも、怒張の裏側にまで舌腹を擦り付ける。男の股間からは、ぷんと生臭い獣欲の匂いが立ちのぼり、愛はその異臭に息が詰まりそうになる。

（ああ、どうして私が、こんな薄汚い男の言いなりにならなきゃいけないの？あんまりだわ……）

ごつごつとグロテスクに血管が浮いた肉棹に舌を這わせながら、愛はみじめさに涙が滲み、つんと鼻の奥が痛くなった。

かつて彼女は「伊藤《いとう》あい」といった。

ひと昔前、子役アイドルとして「伊藤あい」は一世を風靡したのだ。

お人形のような愛くるしい容姿と可愛いアニメ声で、ドラマにＣＭに引っ張りだこだった。特にカレールーのＣＭの『もっとちょうだい！』というフレーズは大ヒットし、その年の流行語にもなった。

五歳から十二歳になるまでの数年間、「伊藤あい」は国民的アイドルだった。

だが、思春期になると可愛い容姿はめっきり大人びて、声だけがアニメの少女のようで、ひどくアンバランスになった。もともと演技力も音楽的才能もそれほどなかった「伊藤あい」は、みるみる人気を失い、新たに現れた演技力のある子役にその座を取って代わられた。

そして、「伊藤あい」はとあるスキャンダラスな事件を起こし、業界から総スカンを食らってしまう。

子どもの稼ぎを当てにしていた両親は、財産でもめて離婚した。「伊藤あい」

は、地方PV（プロモーションビデオ）のエキストラなどの仕事をしながらしばらく業界で細々と生き延びてきたが、やがて完全に姿を消した。

次に「伊藤あい」が話題になったのは、十数年後、某ネット販売業会社が、マルチ商法で摘発された時だった。

その会社の社長の妻が、かつての名子役「伊藤あい」だと分かり、一時世間で騒がれた。彼女は、ファンだったというその男の求婚を受け入れ、いっときは裕福な生活を満喫していた。だが、逮捕騒ぎで会社は倒産、今は莫大な負債だけが残ったのだ。


行き詰まった夫が、苦肉の策として考えだしたのは、アイドルだった妻を利用することだった。

「伊藤あい」には、未だにコアなファンがついていた。

あどけない美少女は、三十路の人妻となったものの、その面差しにはかつてのアイドルの愛くるしさが残されていた。成熟しきった肉体と童顔のアンバランスさは、妖しい魅力となった。夫は、かつて手広く商売をしていた時のコネを使い、「伊藤あい」を一晩貸す出す裏ビジネスを画策した。もちろん愛は激しく拒否し

た。しかし、

「頼む、一度だけだから。これで会社が立ち直ったら、また好きなだけお前に贅沢をさせてやれるから」

そう夫に泣きつかれ、決死の覚悟で見知らぬ客に身を投げ出すことになったのだ。

無論一度だけでは終わらなかった。

往年の国民的アイドルへの、好奇心と欲望を持った客が引きも切らなかったのだ。

かくして今夜も、愛は恥辱と嫌悪にうち震えながら、かつてのファンだという男に奉仕しているのだ。

「うああ、気持ちいいよ、あいちゃん」

男は獣のように呻《うめ》きながら、愛の柔らかな髪をくしゃくしゃにつかんで、さらに強く股間を押しつけてくる。

「ぐぅ、うふう、ふううぐう」

男に無理矢理頭を押さえられ、怒張が喉の奥まで侵入してくる。息苦しさに、形の良い眉をぎゅっと寄せて呻いた。それでも、必死で男の肉茎に舌を絡ませる。顔を前後に揺するたびに、華奢な身体に似合わないたわわな乳房が、ぶるんぶるんと震えて壮観だ。

「おお、すごいおっぱいだ……」

男が両手を伸ばして、愛の乳房を乱暴につかんだ。搗《つ》きたての餅のように柔らかな乳丘に、男のごつい指がむにゅっとめり込む。男はゆさゆさと、絞り出すように乳房を揉みしだいた。たちまち、肉色の乳首が紅く色づき、硬く勃つ。

「んんふぅん、あふぅん……」

敏感な乳房を刺激されて、愛の吐息に少しずつ甘い響きが混じりだした。

青白い美貌が、徐々にピンク色に火照りだす。

無理矢理男たちに奉仕させられているうちに、愛の中に育ちつつある被虐の悦びが、じわじわと彼女の下腹部に広がっていく。とろりとした愛蜜が、子宮口の奥からしきりに滲み出してくる。股間がぬるぬるしてきて、閉じ合わせた太腿をもじもじと擦り合わせてしまう。

「あふぅん、あふあああん……んんぅ」

愛は悩まし気な喘ぎ声を漏らしながら、可憐な唇で極太のペニスを締め付ける。

「おうぅ、気持ちいい、ああいいよ、ああ」

愛の粘っこいフェラチオに、男は痺れたような呻き声を上げる。

「んんふぅう、はふぅうん」

彼女はくちゅくちゅと淫猥な唾液の音を響かせながら、激しく頭を振り立てた。

「おお、お、おおぉう」

その強烈な口腔愛撫に、男は切羽詰まった声を上げた。愛の口の中で、男の肉胴がびくりと膨れる。

口内発射の気配に、はっとして顔を引こうとしたが、それより早く男の両手ががっちりと頭を抱えて、力ませに股間に固定した。

「おう、出すぞ、おおお、で、出るっ」

「う……ぐううっ……」

愛はペニスを咥え込んだまま、くぐもった涙声を漏らした。次の瞬間、どくんと熱い粘液が弾け、喉奥に流れこむ。

「んんぐぅう、ぐうう、んむむむぅ」

愛は屈辱にむせび泣きながら、ねばねばして苦い大量のスペルマを嚥下した。

延々続くかと思うほどの長い放出がやっと終わり、愛はぐったりとして男の股間から顔を離した。呑みきれなかった精液が、口紅の剝がれた口元の周りに、ぬらぬらと卑猥に張り付いている。童顔なだけに、妖艶で壮絶な眺めだ。

「はぁあ、最高だよぉ、あいちゃんのおしゃぶり、最高ぉ」

欲望を放出し終えた男は、満足そうに溜め息をつく。愛は濃いザーメンの生臭い匂いに吐き気を催しながらも、射精が終わったので、少しほっとした表情で男を見上げた。

「あの、それじゃあ、私はこれで……」

お役御免とばかりに立ち去ろうとする気配の彼女に、男が非情な言葉を投げた。

「なに言ってんだよ、時間はまだたっぷりあるじゃない。これからだよ」

「あ？　で、でも……」

「今度は、あいちゃんのお○んこ、見せてよ」

愛は屈辱に紅唇を嚙み締めてうつむく。

「ほらっ、早くしろよっ」

かさにかかった男の言葉が荒くなる。

愛は観念したようにその場にぺたりと尻をつけると、すらりとした両脚をゆっくりと開いた。薄目の恥毛に包まれたほの暗い股間が次第に露わになる。

男が身を乗り出して、陰部の中心を凝視する。濃い茂みの奥に、紅い肉厚の裂け目がくっきりと見える。

「こ、これでいい？」

愛は恥辱に火照った顔を背けて言う。

「両手で開いてみろ」

さらなる男の命令に、愛はもはや観念し、白い指先を陰部に添えて、花弁の左右を押し開く。

鮮紅色の肉門がぱっくりと割れた。淫襞はぬるついて濡れ光り、ひくひくと卑猥に蠢いている。

「うおお、これがあいちゃんのお○んこか、うう……」

男の視線が痛いほど柔肉の狭間に突き刺さる。男がにじるように近づいてくる。興奮した熱い鼻息が、愛の股間にかかる。

「も、もう……いい、でしょう？」

愛の白い太腿がぶるぶる震える。ふいに男が、指の腹で花唇の裂け目に添って、なぞり上げた。

「ひっ」

ぞくりとした刺激に、思わず身震いした。

「おおう、もう濡れ濡れじゃないか。ああ、あいちゃんたら、未だになにも知らないウブな子だと思ってたけど、ほんとはいやらしい子だったんだねぇ」

男は両手で愛の秘肉を押し広げ、太い指をずぶりと肉腔に突き入れてきた。

「あっ、や……やっ」

愛は切な気な悲鳴を上げて、身悶えした。きゅんとした甘い刺激が子宮に走る。

男の指がゆっくり抜き差しを開始する。ぬちゃぬちゃと淫蜜の弾ける卑猥な音がする。

「あっ、あっ、ああ……」

男の指先から、むず痒い快感が生まれ、愛の全身に広がっていく。新たな愛液が溢れて、ねっとりと男の指に絡み付く。男はその愛蜜を指の腹に受けると、肉裂の狭間の頂きに膨らんだクリトリスに、なすり付けるように擦り上げた。

「ひぃっ、あひぃい」

びりっと電撃にあったような痺れる快感に、愛は白い喉を仰け反らして喘いだ。

「クリちゃん、感じる？　こう？」

彼女の顕著な反応に、男は我が意を得たりとばかりに、こりこりと勃ちきった紅い肉豆を刺激する。鋭い直線的な悦楽が、クリトリスから脳裏に何度も走る。

「くうぅ、ああうぅ、あ、あ、し、痺れちゃうぅ……」

愛は美貌を真っ赤に染めながら、悶え泣いた。

「おおう、あいちゃんのお○んこ熱いよぉ」

男はかさにかかって、ぬかるみと化した秘襞を指でぐちゃぐちゃと掻き回す。

「あっ……くぅ……はぁうう……」

愛はほっそりした首を小刻みに振りながら、悩まし気な喘ぎ声を漏らし続けた。

こんな野卑な男にいいようにいたぶられて、死にたいくらいみじめな気持ちと裏腹に、媚肉はじんじん痺れるように熱く疼いている。濃厚な愛蜜が溢れ出して、床の上にまで淫らな染みを作る。

「あ、ああ……いやぁん、もう……ねぇ」

全身に広がる甘い疼きに堪えきれず、愛は喘ぎながら、潤んだ瞳で男を見上げた。男は、彼女の妖しく光る吸い込まれるような黒い瞳に、情欲にぎらつく目が釘付けになった。

「ああ、その目つき。ずっとテレビであこがれてたんだよ」

男はすっくと立ち上がった。一度精を放出したばかりのペニスが、むくむくと膨れ上がってくる。硬化した赤黒い肉塊を片手であやしながら、男が愛の目の前でそれを振ってみせる。

「これが欲しいかい？」

愛は股間を開いたまま、上気した顔で男を見つめる。もはや全身が淫らに欲情しきって、膣腔が満たして欲しくて苦しいほどうねっている。

愛はふくよかな腰を物欲しげにもじもじくねらせながら、こくりとうなずいた。

アイドル時代の可憐さをうかがわせるその仕草に、男の獣欲に一気に火が点いたようだ。

「あいちゃん……！」

男はベッドに移動する余裕も無く、そのままたるんだ裸体で、愛に覆い被さってきた。

毛むくじゃらな腕で愛を床に組み敷き、すっかり勢いを取り戻した肉棹の先を、濡れそぼった淫肉の中心めがけて押し当てる。太い切っ先が、充血してきゅんきゅん疼く柔肉にずるりと侵入してきた。

「はああっ」

一気に貫かれた愛は、脳天まで走り抜けるような悦楽にのけぞって呻いた。

「おう、入った、ああ入った。あいちゃんのお○んこに、ずっぽり入ったよぉ」

根元まで押入った男は、あこがれのアイドルの媚肉の感触をうっとりと味わうかのように、そこで一旦動きを止める。

「どう？　僕のち○ちん、感じる？」

男は深々と刺し貫いた状態で、軽く腰を揺り動かす。

「あ……ああっ、あっ、あっ」

愛は唇を半開きにして、やるせない吐息を漏らす。肉腔いっぱいに挿入され、充血した柔襞がさらなる快楽を求めて、男の剛棒に絡み付く。男がゆっくりと腰を使い始める。

「はあっ、ああ、ああぅん……」

熱くひりつく粘膜を擦り上げられて、愛は甘ったるいヨガリ声を上げる。

「うう、締まるぅ。あいちゃんのお○んこ、すごいよぉ、ああ、きついよぉ」

彼女のヴァギナの極上の味わいに酔ったように、男は太った尻を振るわせながらはあはあと獣のような鼻息を吹きかけ、荒々しく腰を打ち付けてくる。

「あぅん、はあぁ、ああっ、はあっ」

愛は背中を弓なりに仰け反らして、ひっきりなしに快楽の嗚咽《おえつ》を漏らした。

男の腰の動きに合わせて、さらなる快感を得ようと、自らの腰も妖しくくねくねとのたうたせる。たわわな乳房が男の腰の律動に合わせて、ぶるんぶるんと激しく上下する。男はごつい両手を伸ばして、その雪原のように白い乳丘を乱暴に揉み転がした。

「はああっ、あ、あ、い、いいっ、ああいいっ、ああ、感じるぅ」

快楽の源泉を掻き回され、ひりつく乳首を揉みこまれ、愛は悩まし気に全身を悶えさせる。被虐の悦びが全身を満たし、彼女の脳内にはもう快感を貪る淫らな淫欲しかない。

「おっ、おっ、また締まるぅ、うう、すげぇ、あいちゃん、すげえよ」

男は低く呻きながら、腰のピッチを上げる。成熟しきったヴァギナは、男の肉幹にぴったりと絡み付き、きゅっきゅっと間断なく収縮した。

「あ、ああ、やん、どうしよう、ああいい、ああ、気持ちいいっ、気持ちいいい」

愛は美貌を妖艶に歪ませて、絶頂に追い上げられていく。

「うう、可愛いよ、あいちゃん。可愛いよ、イッていいんだよ、一度、イッてごらん」

男も切羽詰まった声を出しているが、ぎりぎりのところで踏みとどまり、彼女の尖りきった乳首を摘まみ上げながら、円を描くように柔肉を捏ねくり回してきた。

「あ、あ、あ、だ、め、イキそう、ああイキそうよぉ……ああ、イクわぁ」

柔らかな黒髪を振り乱して、愛が掠れた声でアクメを告げる。

彼女の蜜壺全体が巾着のようにぎゅっと絞り込まれて、男の怒張を猛烈に緊めつけてきた。

「イ……くぅう……イクゥ……ううう……イクゥウウウウううう」

びくりと愛の全身が硬直した。耐えきれなくなった男が一声、

「うおぉおおお」

と咆哮《ほうこう》したかと思うと、次の瞬間、びゅくびゅくと熱い迸《ほとばし》りが、愛の肉腔の奥へ放出された。白濁した淫液が、柔襞をぬるぬるに汚していく感覚に、愛の背中がぶるりと震えた。

「ああ……あ……ああああああああ」

愛は滑らかな全身をのたうたせながら、意識は淫悦の渦の中に呑みこまれていった。

夜明け前、欲望の限りを尽くした男は、満足げに部屋から立ち去っていった。

愛は全裸のまま、乱れたベッドの上にぐったりと倒れていた。一晩中、寝る暇もなく責め立てられたのだ。

なめらかな白い肌のそこかしこに無惨な紅いキスマークが散り、乳首は腫れ上がり、股間は擦れてずきずき痛い。

昔からのファンとはいえ野卑な男にいいように貪《むさぼ》られ、何度もイッてしまった自分の淫らな肉体がいとわしい。

寝室の窓から朝日が差し込む頃、ようやく起き上がり、ガウンをまとってけだるい足取りで階下に降りた。

東京の一等地に建てられた愛の住む豪奢な屋敷の中は、殺風景でがらんとしている。莫大な負債を背負い、金目になる家具類はすべて売り払ったせいだ。広いリビングの隅に、ぽつんとソファとテーブルが置いてある。そのソファにだらしなくジャージを着て寝そべっているのが、愛の夫、啓介《けいすけ》だ。

「お疲れ――」

愛の足音に、啓介が首だけそちらに向けて事務的に声をかけてきた。ぷんと酒臭い。また朝から飲んでいるのだ。

「朝食はどうするの?」

愛は床に転がっているビール缶や空のつまみ袋などを拾い集めながら、啓介に聞く。夫はそれには答えないで、無精髭の目立つやさぐれた顔つきで愛をじっと見る。かつてイケメンで通っていたその容貌は、荒んだ生活ですっかりたるみきっていた。

「ずいぶんお楽しみだったじゃないか」

愛は黙って集めたゴミを抱えて立ち上がる。そのままキッチンに向かい、背を向けたまま尋ねた。

「トーストとコーヒーでいい?」

ふいに背後から突き飛ばされて、愛はよろめいて小さい悲鳴を上げた。手からこぼれた空き缶が床に飛び散り、けたたましい音をたてる。いつの間にか起き上がった夫が、真後ろに立っていた。

「お楽しみだったんだろ? え?」

啓介は酒焼けしたガラガラ声を張り上げて、愛を背後から乱暴に抱きすくめた。

「やめてよ、放してっ」

うなじに酒臭い熱い息を吹きかけられて、愛は不快そうに顔を背ける。啓介がガウンの合わせから乱暴に手を突っ込み、ぎゅっと力任せに愛の乳房を握りつぶした。腫れた乳首に激痛が走る。

「何回イッたんだ？　あのヒヒ爺のち○ぽで、何回イキまくったんだよっ」

「し……知ってるくせに……！」

愛は啓介の腕から逃れようと、身を捩《よじ》りながら言う。

啓介は自分で妻を売っておきながら、歪んだ嫉妬心から情事の一部始終を密かに覗いている。そのことを愛は知っている。

「なんだとぉ！」

啓介は逆切れして、愛の股間を乱暴にまさぐる。まだ情事の名残をとどめている濡れた秘肉に、啓介の長い指がずぶりと潜り込む。

「あうっ」

ひりつく柔襞を刺激されて、思わず子宮にずきんとした被虐の悦びが走った。

「なんだよぉ、まだぐっしょりじゃねえかよぉ。あんだけヒイヒイ言っといて、まだヤリ足んないのかよぉ」

啓介は息を荒くさせながら、愛の淫肉をぐちゅぐちゅと掻き回す。

「あ、あっ、や、あっ、やめてぇ」

じくじくした甘い疼きが、徐々に愛の全身に広がっていく。結婚して十年、さすがに妻の泣き所を熟知している夫の指が、次々と性感帯を刺激してくる。

「へへ、ここだろ？　ここが弱いんだよな」

敏感なクリトリスをこそぐように指先で撫で回された。

「うう……やぁん、あああん」

みるみる愛は骨抜きにされていく。秘芯は新たに溢れてきた淫蜜で、どろどろのぬかるみと化している。

「ああ、あいちゃん……！」

啓介は、素早く自分のジャージごと下着を引き下ろすと、愛にのしかかってきた。愛のガウンの裾を捲り上げると、キスマークの散った白い臀部が剝き出しになった。

「あ、や、ああっ」

腹這いの形で床に押し付けられた愛の柔肉の裂け目に、ぐいっと充血した雁首が押し付けられる。愛が抵抗する間もなく、啓介の剛棒が乱暴に、肉腔に押入ってきた。

「ひ、ひああっ」

深々と貫かれ、愛は黒髪を振り乱して悲鳴を上げる。

「おうっ、くそぉ、中までヌルヌルだぁ、あの爺ぃ、中出ししやがったのかぁ」

啓介が激高して、がしがしと腰を打ち付けてくる。

「あ、あっ、ああっ、い、や、あああぅうん」

ひと突きごとに、愛の全身から力が抜けていく。諦めと開き直りで、被虐の性感が燃え盛り、疲れた身体に異様な悦楽が満ちる。

「あっ、あああん、い、いいっ……」

愛は甘美なすすり泣きを漏らしながら、淫らに細腰をくねらせる。

「おう、ま○こ締まるぜ、ああぁいちゃん、ああいいよ、あいちゃん」

「伊藤あい」の大ファンだった啓介は、感極まると今でも愛を芸名で呼ぶ。啓介は呻きながら、顔を寄せて愛の唇を強く吸った。

「うふぅううぐう、はあぁうう」

深々と差し込まれた啓介の舌を、愛は夢中で吸い上げる。お互いの舌と舌をきつく絡ませ幾度も擦り合わせる。

「ああ、あなたぁ……！」

夫とのセックスは、やはり安心感があり感じ方もひとしおだ。愛は唾液でねば光る唇を離して、切羽詰まったヨガリ声を上げる。あどけなさの残る美貌は真っ赤に火照り、瞳は妖しく潤み、別人のように淫媚だ。

「イクのか？　あいちゃん、ああ、可愛いよ、あいちゃん、またいいお客を紹介してやるからな。な、俺にはお前しかいないんだよぉ」

啓介は愛の首筋に舌を這わせ、腹に力を込めて肉棹をずんずんと突き立てる。

「うれしぃ、あなたぁ、ああ、来てぇ、ああもう来てぇ、い、イクゥうううぅ……！」

愛の脳裏で灼熱の悦楽が激しく弾けた。

だだっ広いリビングの中に、二人の獣のような喘ぎ声が響きわたった。

第一章　処女を二度奪われて

その日は啓介が珍しく外に飲みに出かけ、身体を差し出す仕事もオフで、愛は久ぶりに心穏やかに過ごしていた。

リビングのソファにゆったりもたれ、香り高い紅茶を淹《い》れた。

ほとんどの家具は売り払ったのだが、お気に入りの舶来のコペンハーゲンの茶器だけは手元に残してあった。

純白に小花模様が散った繊細な形のカップに紅茶を注ぎ、ひとくちひとくち味わいながら啜った。

（こうしていると、昔に戻ったみたい……今の荒んだ生活が、なにもかも夢みたいに思えるわ）

愛は長い睫毛を伏せ、華やかだった過去に想いを馳せていた。

と、ふいに側のテーブルに置いてあったスマホが鳴った。

愛はぎくりとする。

この番号を知っているものは夫と親くらいで、ごくわずかな人だけだ。

画面は非通知になっている。

恐る恐る電話に出ると、低いバリトンの男の声が耳に飛び込んできた。

「やあ、あいちゃんの電話で、いいのかな？」

愛はその声に聞き覚えがあり、はっとした。

「え？　酒井《さかい》、さん？」

電話の向こうで、相手の声が嬉しそうに跳ねた。

「そう。昔の俺専用の電話番号を使ってたんだ。覚えてくれてたんだね、あいちゃん」

愛は懐かしさに胸がいっぱいになる。

「もちろんです。私の最初のマネージャーさんですもの」

子役としてデビューしたての頃は、両親がマネージメントをしていたが、愛が売れっ子になりだすと、どこかの芸能プロダクションに入った方がいいだろうということになった。

そこで芸能界でも一、二を争う大手プロダクションに所属した。

初めて愛にマネージャーとして付いたのが、酒井だったのだ。

愛は七歳、酒井は二十五歳の若手の有望なマネージャーだった。

彼は愛のために映画やドラマ、ＣＭの仕事を次々取ってきた。そのどれもが大ヒットを飛ばし、「伊藤あい」は全国的なアイドルにのし上がり、酒井は敏腕マネージャーの名を欲しいままにした。

長身で少し苦みばしったハンサムな酒井は、「伊藤あい」の影の立役者として、マスコミにも度々取材されもてはやされた。だが――。

「伊藤あい」の人気が下降線をたどるにつれ、彼のマネージャーとしての力量も落ちてしまった。

スキャンダルで「伊藤あい」が業界から姿を消す寸前、酒井はマネージャーから外れ他の芸能人の担当に変えられた。しかし、その後彼が担当する芸能人は誰も大成せず、「伊藤あい」だけが彼の経歴の中で燦然と輝く存在になったのだ。

そして、その後愛は結婚して芸能界から遠ざかってしまい、酒井の消息も全く知らないままだった。

風の噂では、独立して自分で芸能プロダクションを立ち上げたが、それもすぐに潰れてしまい、彼の消息は不明になったらしい。

「懐かしい。ご無沙汰しております」

「いや、こっちこそ。あいちゃんもいろいろ大変だったねぇ」

夫の事件のことを言っているのだろう。

「ええ——まあ……」

言葉を濁すと、酒井が明るい声で言う。

「どお？　一度同窓会みたいなこと、しないか？　俺、今は地方ＣＭなんかを請け負う小さな会社作って、どうにかやってるんだ。君の力にはなれないかもしれないけれど——励ますくらいならできるよ」

「酒井さん……」

愛は胸が詰まった。

実を言うと酒井は、愛が初めて異性として意識した男だった。

幼い頃から子役として忙しく過ごしていた愛は、普通に同い年の男と知り合う時間もなく、四六時中共に過ごしている若いマネージャーの酒井に、自然と淡い想いを抱くようになったのだ。

当時、ばりばり仕事をこなす酒井は、少女の愛にはまぶしくらい格好良く見えたのだ。そんな彼が常に自分のそばに付いていることに、愛は胸をときめかせていた。

（それに、彼は——）

愛は思わず答えていた。

「いいわね、どこかで飲みましょうか？　私、今日なら時間あるし」

「そうか！　じゃ、新宿の『あむーる』って店、覚えてるかい？　そこで、今夜八時に落ち合おう」

「『あむーる』、懐かしい。今でもあるのね。いいわ、八時に」

電話を切ると、愛は久しぶりに気持ちが浮き立ってくるのを感じた。

（酒井さん——私の初体験の……）

思春期を迎えた頃から、愛の身体はめっきり女性っぽくなっていった。

ほっそりした肢体は変わらなかったが、バストが驚くほど膨らみ、ヒップも大きく張り出してきた。

子役としては、あまりにそぐわないグラマラスな体型になってしまったのだ。

顔つきは童顔で声は相変わらず可愛らしいアニメ声で、よけいに身体とのアンバランスさが際立ってしまう。

その頃から、愛の人気は下降線をたどり始めた。

愛が高校を卒業する頃までは、過去の栄光で酒井はなんとか仕事を取ってきたが、いよいよ学生時代も終わってしまうと、「伊藤あい」の仕事は完全に行き詰まりを見せていた。

愛は自分なりに悩んだ。思い切って酒井に相談することにした。

酒井は自分の行きつけの小さなバー『あむーる』に、愛を連れていった。

たぬき横丁にある、客が五人も入れば満席になりそうな小さなバーは、陽気なオカマのママが経営していて、それまでお酒の席に着いたことのなかった愛にはひどく新鮮な場所に見えた。

「ママ、一番奥のテーブル使うね。俺はビール、この子はなにかソフトドリンクね」

店に入ると、酒井はいかにも馴染みの客らしく、さっさと自分で奥の二人がけの小さなテーブルに愛を誘った。

飲み物がくると、愛は性急に切り出した。

「酒井さん、私、路線変更をしようと思うの」

酒井はビールの泡を舐めながら、真剣な面持ちで聞いている。

「いままでずっと、可愛いあいちゃん、で売ってきたでしょ？　でももう、無理。これからは、大人の女の魅力を出していった方がいいと思うんです」

酒井はグラスを置くと、少し身体を乗り出した。彼の息が頬をくすぐり、愛は頬が赤らむのを感じる。

「うん、俺もそう思っていたんだ。あいちゃん、ちょっと育ちすぎたもんな」

彼の視線が、ちらりと愛の胸元に落ちた。愛は思わず、ぴったりしたセーターに包まれたDカップの胸を、両手を組んで隠すようにした。

「だけど――私子どもっぽく幼く振る舞うことばかりしてきたから、大人の女性ってどうすればいいのか、ぜんぜん分かんないの……」

愛はうつむいて唇を噛んだ。

酒井はビールをもう一口含んだ。

「あいちゃん、今、幾つになったっけ？」

「先月十八歳になりました」

「そうか――」

酒井がなにか考える風に口をつぐむ。それから、おもむろに切り出した。

「あいちゃん、キスしたことあるの？」

愛は耳朶まで真っ赤になって顔を上げた。

「い、いえ……そんなこと——」

狼狽していると、酒井の手が愛の顎を掴んでくいっと持ち上げた。

あ、と思った時には唇を塞がれていた。

「んっ？　んんっ……」

唐突なキスに、愛は身体を強張らせた。

酒井は何度も撫で上げるように唇を滑らせ、ぬるりと舌先で愛の口唇を舐めまわした。

「ふ……っぅ、う」

初めてのキスの驚きと恥ずかしさに、愛は息をするのも忘れてしまう。全身の血がかあっと熱く燃え上がるような気がした。

チュッと音を立てて酒井の唇が離れると、愛は詰めていた息を大きく吐き出した。彼女の口唇が開くと、酒井はすかさずキスを仕掛けてきた。

「んんぅ、ん、く、んぅっ」

男の舌がするりと口腔に侵入し、ゆっくりと歯茎や歯列をなぞり、口蓋を舐め回し、さらに奥に押し入ってくる。生暖かいぬめつく感触に、衝動的に身体が跳ねた。

（嘘……キスって、こんなこと——）

狼狽しているのに、頭の中に甘い愉悦が広がってぼんやりしてしまう。

愛が抵抗できないでいるうちに、舌を絡め取られ強く吸い上げられた。

「ふぅ、は、んんぅ、んんんんっ……」

息も奪うほど強く舌を絡め取られると、妖しい疼きが愛の全身に走り、身体の芯がなにか淫らに蕩けていく気がした。

「……く、はぁ、ん、んん」

長時間口腔を存分に蹂躙され、やっと唇が解放された時には、愛は息も絶え絶えになり、全身の力が抜けてしまっていた。

「これが、大人のキスだ」

火照った愛の頬を指先でなぞりながら、酒井がいつもより低い声でささやく。

「大人の女に、なりたいかい？　あいちゃん」

愛は潤んだ目で酒井を見上げた。

得体の知れない妖しい欲望が、下肢からじわじわとせり上がってくる。

「……な、なりたい……」

消え入りそうな声で答えると、酒井はおもむろに愛の片手を握り、立ち上がった。

「よし、行こう」

愛はどこへ行くのかとも問わないまま、そのまま酒井に手を引かれて店を出た。

繁華街を抜けて、カップルが多く歩いている通りに入る。ホテルのネオンサインがやたらと目につく。

酒井は愛の手をしっかり握ったまま、一番手近なホテルの玄関の門をくぐった。

愛は彼がなにをしようとしているのか、ぼんやりと予感した。

受付で鍵を受け取った酒井は、黙って愛を廊下の狭いエレベータに乗せ、ドアが閉まるや否や、再び強烈なキスをしかけてきた。

「はぁ、あ、ん、んんぁ……」

エレベータの壁に背中を押し付けられ、ミニスカートの両足の間に、ぐっと酒井の膝が割って入ると、自分のあらぬ部分がきゅうっと甘く疼く気がした。

エレベータが止まってドアが開く頃には、愛は深いキスで酩酊してしまい、足元もおぼつかない。

気がつくと、大きな丸いベッドだけでいっぱいになりそうな狭い部屋の中にいた。

酒井はベッドに腰を下ろし照明を薄暗く落とすと、自分から服を脱いでいく。

「あいちゃん、裸になって、こっちへおいで」

そう声をかけられ、愛は鼓動が早鐘を打ち始め、緊張でめまいがしそうになった。

すでに全裸になって座っている酒井の方を見ないようにして、そろそろと服を脱いだ。

最後の一枚のパンティがどうしても脱ぐ勇気が出ず、むき出しになったたわわな乳房を両手で覆い隠して棒立ちになった。

「それでいいよ、こっちにおいで」

促され、ふらふらとベッドに近づいた。

いきなり酒井が愛の肩を摑んで引き寄せ、身体を入れ替えるようにしてベッドに押し倒す。

「あっ」

愛はどさりと仰向けに倒され、小さい悲鳴を上げた。

酒井がシーツに両手を付き、愛を見下ろす。

「こんなことするの、もちろん初めて、だよね？」

愛は小刻みに震えながら、こくんとうなずいた。

「そうか——今夜、あいちゃんを大人にしてあげるからね」

愛は恐怖で返事もできず、ぎゅっと目をつぶった。

今まで子役として、純粋培養されてきた愛には、なにをどうされるのかほとんど見当もつかなかった。

痛いのだろうか、苦しいのだろうか？

「そんなに緊張しないで——」

酒井が身をかがめる気配がし、声があやすように耳元で聞こえた。

酒井の唇が、愛の額やこめかみ、頬に押し付けられ、ゆっくり移動する。その柔らかな感触に、背中がぞくぞく震えた。

再び唇が重なり、酒井の巧みな舌はくちゅくちゅと猥《みだ》りがましい音を立てて、愛の舌を擦り吸い上げる。キスをしながら、彼の片手が耳朶や首筋をくすぐり、背中や脇腹を撫で回す。

「ふ……ん、んん、ぁ……」

あまりの濃厚なキスとあやすような愛撫に、愛はなすすべもなくされるがままになった。

やがて酒井の片手は、愛の豊かな胸の膨らみにたどり着き、その質量を確かめるようにゆっくりと揉みしだき始めた。

「あ、あぁ……」

彼の骨ばった指が乳房の大きさと対照的に慎ましい乳首に触れ、指先でくりくりとこじると、泣きたいような羞恥心とともに下腹部に不可解な疼きが生まれる。

「んっ、ん、あ、あぁっ」

どういう仕組みなのか、弄られた乳首はみるみる硬く立ち上がり芯を持ち、酒井の指に挟まれて扱かれると、子宮の奥のあたりにじりじりと灼けつく甘い愉悦が走った。

「や……だめ、そんなこと……しないで」

愛は顔をわずかに背け、荒い呼吸の中から掠れた声で懇願する。

「なぜ？　こんなに乳首が硬くなって――感じている証拠だよ」

酒井はからかうように、交互に乳首を弄《いじ》っていたが、ふいに顔を下げ、濡れた口唇をそこに押し付けた。

ちゅうっと強く乳首を吸い上げられ、凝った乳嘴《にゅうし》を舌先で転がされた。

「やぁっ、あ、あぁ、やだ、そんなこと……っ」

愛はのけぞって甘い悲鳴を上げた。

乳首から臍の下あたりに鋭い快感が走り、そこがずきずき脈打ってくる。なにか子宮の奥の方からとろりとしたものが溢れてくる感覚がし、どうにも落ち着かず太腿をもじもじ擦り合わせた。

酒井は両手でたわわな乳房を持ち上げるように摑み、交互に勃ちきった乳首を口に含んだ。

「んん、あ、やぁ、あ、あぁ、はぁあ……」

恥ずかしいのに、気持ち良く感じてしまい、愛は悩ましい喘ぎ声を止めることができない。

「いいね──その少女声で喘がれると、すごく背徳的でぞくぞくするよ」

酒井がわずかに顔を上げ、頰を上気させて悩ましい声を出す愛の表情を窺ってくる。

「いやいや、見ないで……」

「あっ」

恥ずかしい声を出してしまう自分を見られることに耐えきれず、愛はさらに強く目を閉じてしまう。

「いや、見せてごらん。あいちゃんの、一番秘密で恥ずかしい部分を」

酒井がくぐもった声を出し、片手で愛のパンティを引き下ろした。

「やあっ」

思わず身悶えしたが、酒井はやすやすとパンティを剝ぎ取ってしまった。

股間がすうっと頼りなくなり、恥ずかしい部分が丸見えになったと思うと、愛は緊張で生きた心地もしない。

「おお、ちゃんと生えてる。童顔なのに、ここはいやらしいなぁ」

酒井が感嘆したような声を出すので、ますます頭に血が上ってしまう。

「やだ、言わないで……」

だが酒井は構わず、片手でやすやすとぎゅっと閉じ合わせた愛の太腿を開いてしまう。

「きゃあっ」

自分でもろくに見たこともない秘密の場所があからさまに晒され、愛は羞恥で気が遠くなる。

「綺麗なピンク色だね。でもひくひくしていやらしい汁を垂れ流しているよ」

「うう……見ないで、そんなに……」

目を閉じていても、酒井の視線が痛いほど秘部に注がれているのを感じ、愛は恥ずかしくて全身が震えてくる。だが、それとは別になにかじんと痺れる淫猥な悦びが、下肢からせり上がってくるのも感じていた。

「見られると、余計に興奮しない？」

ふいに酒井の指が、無防備に開いている陰唇をすうっと撫で下ろし、ひくついていた蜜口をくちゅりと掻き回した。

「あっ？　あぁ、あ、いやぁっ」

愛の身体がびくんと跳ねた。

恥ずかしい場所を他人に弄られる羞恥もさることながら、甘く疼く花弁をくちゅくちゅやられると、心地よくなってしまい、触れられているところからとろとろ蕩けていってしまうようだ。

「や……ああ、だめ、あ、あぁ、あ……」

未知の感覚に、両足を閉じることも忘れ、悩ましい声を上げて身悶えてしまう。

「いい声だ、いやらしくて可愛らしくて――」

酒井のなめらかな指の動きに、得もいわれぬ愉悦が全身に広がり、愛は自分の股間がさらにとろとろ濡れてくるのを感じた。

「もうびしょびしょになってきたね、ここは、どう?」

ぬるぬると蠢《うごめ》いていた酒井の指が、恥毛のすぐ下にあるなにか小さな突起をくりっと転がした。

刹那、びりびりと電流が走ったような激烈な愉悦が背中から脳芯まで走った。

「きゃうっ、あぁぁっ? あぁぁあぁっ」

切り裂く悲鳴を上げて、愛は腰を大きく跳ね上げた。

「あ、あ? なに? そこだめ、あ、だめ、だめぇっ」

感じたことのない快感に、頭の中が真っ白になった。

耐えられない激しい凄まじい快感の嵐に、逃れたいのに腰は物欲しげに猥りがましくうねってしまう。

「やぁ、もう、しないで、あ、ぁ、怖い……やだぁ……っ」

あまりに激烈な悦楽の波状攻撃に、愛は両手で酒井の手を押しもどそうとした。

「やだじゃない、もっと触ってだろう? あいちゃん。あいちゃんのいやらしいクリトリスをもっと弄ってくださいって、言ってごらん」

酒井は触れるか触れないかの微妙なタッチで、充血した秘玉を弄ってくる。

「んん、あ、や、だめ、あ、やぁあ……」

陰核をむき出しにされ、ぬるぬると擦られると、男の指の指紋のざらつきすらわかるほど、そこがじんじんと鋭敏になる。やめて欲しいのに、もっとして欲しいような、矛盾した淫猥な感覚に、子宮の奥がきゅうっと収縮するのがわかる。そして、膣壁がなにか満たして欲しくてざわざわ蠢き、愛を追い詰めていく。

愛はいやいやと首を振り、涙目を見開き、酒井に懇願した。

「もう、しないで、おかしくなっちゃう……変な気持ち……っ」

しかし酒井は容赦なくクリトリスを責め続け、優しく撫で回すだけではなく、時には膨れ切った陰核を指できゅっと強く挟み込んだりした。

「はぁあっ、だめ、だめぇっ」

最初は必死に声を押し殺そうとしていた愛だが、ついに堪えきれず甲高い嬌声を上げてしまう。

「いいね、感じているあいちゃん、すげえそそるよ。いい子だ、一度イッてしまいな」

酒井はクリトリスを弄りながら、ひくつく蜜口に人差し指をつぷりと押し入れてきた。

「あぁ、指、だめ、挿れないでぇ、あ、あぁぁあ」

疼いていた媚肉にごつごつした指が押し入り、ゆっくり抜き差しを繰り返す。そんなところに指など入れられて、せつないほど甘く感じてしまう自分が、信じられない。

それどころか、膣襞は無意識にきゅうきゅうと男の指を締め付けてしまう。

「あぁ、だめ、あ、動かしちゃ……あぁ、なにこれ？　あ、あぁ、あ、あ」

快感が頭の中で何度も弾け、まぶたの裏がちかちかしてくる。

全身が強張り、神経の全てが酒井の指の動きだけを追っていた。

「やぁっ、あ、なにか……あ、あぁ、来る……あ、だめ、あああぁっ」

愛はなにかの限界に達し、びくびくと腰を痙攣させてつま先までぎゅーっと力がこもった。

今まで経験したことのない感覚が、全身を駆け巡る。

「……は、はぁ、は、はぁあ……」

ふいに強張りが解け、愛はぐったりとしてシーツに身体を沈み込ませた。

火照った肌から、どっと汗が噴き出す。

「――よかったろう?」

酒井は指を抜き出すと、愛液の糸を引くそれを涙目の愛の顔の前にかざしてみせる。

「ほら、こんなにびしょびしょになって――」

「いやぁ……」

恥も外聞もなく淫らに達してしまった自分が信じられなくて、愛は弱々しく首を振る。

「これだけ濡れていれば、初めてでも楽に入るだろう」

酒井は独り言のようにつぶやき、おもむろに身を起こした。

彼は枕を手に取ると、弛緩した愛の背中に押し込める。腰が持ち上がる。

「君の初めてをもらうよ」

酒井が覆いかぶさってきた。

「あ――」

ぼうっと快感の余韻に浸っていた愛は、にわかに正気に戻り、処女の本能で、思わず腰を引こうとした。

だが、腰の下に枕が押し込まれているせいで、逃げることが叶わなかった。

酒井の足が愛の両足の間に押し入り、大きく開脚させる。ざらりとしたすね毛の感触に、恐怖と期待で心臓がばくばくいった。

「息を吐いて——力を抜いた方が楽だよ」

耳元で低く囁かれ、深く息を吐いた次の瞬間、濡れそぼった花唇に、なにかみっしりした熱い塊が押し付けられた。

そう感じた刹那、指とは比べものにならない太く大きな物体が、一気に隘路《あいろ》に押し入ってきた。

「んーっ、痛ぁ、あ、やぁ、痛い……っ」

めりめりと内壁を引き裂かれ押し開かれる激痛に、愛は悲鳴を上げた。

「ちょっとの我慢だ、いい子だ」

酒井は愛の細い腰を強く抱きかかえ、さらにぐぐっと腰を沈めてきた。

「あぁぁあー」

最奥まで貫かれ、愛は眦《まなじり》から涙をぽろぽろこぼして、圧倒的な膨満感と苦痛に耐えた。

「——全部挿《はい》った——これで、あいちゃんも大人の女になった」

酒井が息を乱しながら、熱く耳孔に吹き込んでくる。

「あ、あぁ、あ、酒井さん……」

体内に男の欲望の脈動を力強く感じ、愛は自分が処女を喪失したことをしみじみ感じた。

「動くよ――」

酒井がゆるゆると腰を振り出す。

抜けるギリギリまで引き出し、再び最奥までゆっくりと挿入してくる。

「あ、あっ、あぁ、あ」

引っ張られるような切ない苦しさはあるが、最初の衝撃ほどではない。

次第に陰茎に擦られる膣壁が熱を持ち、それが野火のように広がって、全身を焼き尽くしていく。

「んん、あ、は、あぁ、熱い……あ、ぁあ」

ぞくぞくする深い快感が徐々に湧き上がり、愛は身震いして酒井の背中にしがみついた。

「よくなってきた？　あいちゃんのここ、狭くて熱くてぬるぬるしてて、すごくいいよ」

酒井が掠《かす》れた声を出し、だんだん腰の動きを速くしていく。

「んあぁ、あ、や、やぁ、壊れちゃう……あ、あぁっ」

にちゅにちゅと粘膜が淫らな水音を立て、奥を突かれるたびに脳芯に衝撃が走り、はしたない声が漏れた。

浅い呼吸を繰り返すと、ひとりでに膣壁が締まり、男の肉胴を締め付けてしまう。その硬く太い感触に、重苦しい快感がどんどん増幅してきた。

「あぁ、あ、すごい……こんなの……あぁ、あ、んんっ」

ぐらぐらと激しく揺さぶられると、身体がどこかに飛んでしまいそうな錯覚に陥り、愛は夢中で男の肩に爪を立てた。

「すごく締まってきた——あいちゃん、感じてる？　いいの？」

酒井はずちゅりと奥深くまで抉ると、嵩高な亀頭で濡れ襞を引っ張り出すように巻き込み、ずるりと引き摺り出す。そして、再び腰を押し回すようにして、力任せにねじ込んでくる。

「く……ふぁ、あ、やぁ、そんなにしちゃ……だめ、あぁ、あぁん」

隘路は突き上げられるたびに灼けつくような疼痛を走らせ、それが不可思議な快感となって愛の脳芯を真っ白に染め上げた。

「やぁ、もうだめ、だめ、変になる……壊れちゃう……っ」

愛は息も絶え絶えで喘いだ。

「──俺も、もう──あいちゃん、イッていいか？　出すぞ、出す」

酒井が獣のように呻き、愛の細腰を摑んでがしがしと腰を打ち付けてきた。

愛は頭がくらくらし、もはや何も考えられなかった。

「あぁっ、あ、あぁぁぁあぁっ……」

最後の仕上げとばかりに、二、三度ごんごんと強く子宮口を突き上げられ、息が止まり、目の前に白光が煌《きら》めいた。

「く──っ」

ふいに酒井の動きが止まり、体内で彼の欲望がびくびくと震えるのを感じた。

そして、なにか熱い迸りが放出される。

「ふ──」

酒井は何度か強く腰を穿《うが》ち、白濁の精を全て注ぎ込んだ。

「はぁ……は、はぁ……あぁ……」

全てが終わったと悟った愛は、詰めていた息を吐き出し、肩で呼吸を整える。

酒井がゆっくりと抜け出ていく。

「んん──」

どろりとしたスペルマが溢れ出し、満たされていた隘路が喪失感に再び甘く震えた。

「すごく、よかった。あいちゃんのお◯んこ、よく締まる。名器だな」

酒井は愛の傍に仰向けに身を横たえ、はあはあと荒い呼吸を繰り返した。

名器とか意味は分かりかねたが、酒井も満足そうにしていることが、愛の胸を甘くきゅんとさせた。

——こうして、愛は処女を失った。

その後、酒井とは何度も身体を重ね、愛は官能の悦びを深めていった。

だがそれと、愛が子役から脱皮できることとは関係がなかった。

もともと、容姿と可愛い声しか取り柄のなかった愛は、結局大人路線に変更することにも失敗した。

酒井は愛のマネージャーを外された。

そして、酒井が去った直後、愛はスキャンダル騒ぎを起こした。

肉体の悦びを覚えてしまった愛は、密かに慕っていた酒井がいない寂しさに、

思わず誘ってきた駆け出しのアイドル男性歌手とホテルへ行ってしまった。

その時、戯れでベッドの中で撮らせた裸の写真が、どういう経路を経てかスキャンダル雑誌に流れたのだ。

「清純子役の、ただれた末路！」

スキャンダラスな煽り文句が飛び交う三文記事は、愛の芸能生活を完全に終焉に追いやった。

愛は逃げるようにプロダクションを辞め、しばらく家に閉じこもり、やがて名前を隠してコンパニオンの仕事に就いた。

そこで現在の夫に一目惚れされ、結婚したのだった。

愛は密かに慕っていた酒井と、それきり会うことも叶わなかったのだ——。

（——なんだか懐かしいな。あの頃は、それなりに青春していたかもしれない……）

約束の店に向かいながら、愛は当時のことを思い返していた。

「伊藤あい」の絶頂期に常に傍にいた酒井の存在は、甘くせつなく愛の胸の奥にしまわれていた。

記憶を頼りに『あむーる』にたどり着く。

雑然とした狭い路地にある店は、薄汚れた木のドアの感じも当時と変わらないままで、愛の郷愁をさらに掻き立てる。

軋むドアを開けて入ると、薄暗くほこり臭い店の中に客の姿はなく、カウンターの向こうに一人の初老のバーテンダーがいるきりだった。

愛は酒井の姿をきょろきょろ探した。

まだ彼は到着していないのだろうと、カウンターの席に座る。

「ビールをください」

と、バーテンダーに声をかけると、近づいてきた彼が低い声で話しかけた。

「あいちゃん、俺だよ」

愛は一瞬、きょとんとした。

目の前には、白髪交じりの頭髪の薄い痩せた男が立っている。目は落ちくぼみ、肌がかさかさして枯れきった印象だ。だが、その低音の耳触りのいい声には聞き覚えがあった。

「えっ？　酒井さん？」

男盛りの彼のイメージしかなかった愛は、彼の容貌の激変に衝撃を受けた。

かつての苦みばしった色男の面影は、ほとんど残っていない。

考えたら酒井は愛よりひとまわり以上も年上だった。今の彼は、五十歳を越えているはずだ。

声を失った愛に、酒井は薄い頭部を撫で回して苦笑した。

「俺ってわからなかったかな？　あれからずいぶん経ったからなぁ——でも、あいちゃんは、変わらないな」

酒井はじろじろと愛の全身を舐めるように見た。

「いや、いい感じに熟れているじゃない。あの頃、こんな色気が出せたら、芸能界に生き残れたのにな」

その口調に、かつての敏腕マネージャーの片鱗を感じ、愛はやっと表情を緩めた。

「ふふ——うまいこと言って。もうただのおばさんよ。元気だった？　会社やっているって言ってたけど、なぜバーテンの格好しているの？」

酒井は自嘲気味に肩を竦《すく》める。

「副業だよ——いや、もう本業かな。会社はとっくに倒産したよ」

「え？」

酒井はカウンターの下の冷蔵庫からビールの瓶を取り出し、グラスに注いで愛の前に置く。

「あいちゃんのマネージャー外されて、プロダクション辞めてから、ろくな人生じゃなかったよ。食い詰めて、ここのママに拾われてヒモになったんだ。オカマのヒモだぜ。毎日毎日、男のち○ぽ舐めたり咥えたりして暮らしてきたんだぜ」

酒井の平坦な口調にかえって凄みを感じ、愛は意心地悪く黙ってビールを飲んだ。

「ママが一昨年病気で死んで、ここを俺が引き継いだんだ。でも俺に商才はないみたいだ。赤字で閉店寸前さ」

最後は吐き捨てるように言い、酒井はうつむいて押し黙った。

甘酸っぱい思い出話に花を咲かせようと思っていた愛は、当てが外れて気持ちが落ち込んでくる。

「大変そうね――でも、なぜ私に急に連絡してきたの？」

酒井がその言葉に食いつくように顔を上げた。

「もうさ、俺の知り合いで頼めるのって、あいちゃんしか思いつかなかったんだ――ほんとうに恥ずかしい話だが、いくらでもいいから融通してくれないか？」

愛はそっと溜め息をついた。そんな話になりそうな予感はあった。

愛はバッグから一万円札を取り出すと、カウンターの上に置き、そっと椅子を降りた。

「ごめんなさい……うちも主人の会社が倒産して――あなたの力になれそうにないの。お釣り、いらないから――会えて、嬉しかったわ……それじゃ」

酒井がじっと一万円札を見つめている。

愛は無言で背中を向けた。

(来るんじゃなかった……歳月って残酷だわ)

「待てよ」

突然、背後から乱暴に腕を摑まれた。

「あっ」

酒井がカウンターから出てきて、力任せに引き戻したのだ。愛は痛みに悲鳴を上げる。

「金はいらない――ずいぶんつれないじゃないか。俺たち、かつては名コンビって言われて芸能界に君臨していた仲だぜ」

酒井が顔を紅潮させ、愛を抱きすくめようとした。

「それに――あんたを初めて女にしてやったのは、俺じゃないか」

愛は身を捩って彼の腕から逃れようとした。

「そんなの——昔の話じゃない。もう私たち、全然違う人生を歩いているのよ！」

「なら、なぜのこのこ来たんだ。こういうことを期待していたんじゃないのか？」

ふいに酒井が唇を塞いだ。

「ふ、うぅっ」

がちっと歯と歯がぶつかる鈍い音がした。

唇が切れて口中に血の味が広がる。

酒井は構わず愛の頭をがっちり抱え、噛み付くようなキスを仕掛けてくる。

「んぅ、やめ……ふ、ぅうっ……」

愛は両手で酒井の胸を押しもどそうとしたが、歳はとっていても長身の彼に抱きすくめられるとぴくりとも動けなかった。

酒井の煙草と酒の混じった強い口臭から、彼の荒んだ生活が窺える。

だが舌を強引に絡み取られて、痛いほど吸い上げられると、かつて生まれて初めて酒井に教えられたディープキスの記憶がふつふつと甦ってきた。

経験したことのない深い淫らな大人のキスに、それだけで気を失いそうなほど酩酊してしまったものだ。

「んあ、は、はぁ、ふ……」

いつの間にか、自ら彼の舌を積極的に求めていた。

愛の口腔の中で、酒井の熱い舌が感じやすい舌の上をぬるぬると舐めまわすと、背中がぞくんと卑猥に痺れた。

「……んぅ、あ……あぁ、は……」

くちゅくちゅと互いの唾液を啜り合い舌を味わっているうちに、身体の芯にじわりと淫らな欲求が募ってくる。

酒井は愛の抵抗が止まったと見て取るや否や、彼女の華奢な身体を抱え、カウンターに倒れこんだ。

「んんっ……んぅう」

愛は仰向けにされ、思わず両手を相手の首に巻きつけて引き寄せた。

(ああ……こうしていると、あの頃の青春時代に戻ったみたい)

酒井も愛も若かった。

あの栄光をもう一度取り戻そうと、必死にあがいていた。

身体の悦びを知ったばかりの愛は、文字通り酒井に耽溺していたのだ。

だが、今や二人ともどん底に落ちぶれている。

もう、あんなふうに夢中になって互いの情熱を燃やすことなどないだろう。

「ああ、あいちゃん――」

酒井は低く呻き、愛のジャケットの下に手を潜り込ませ、柔らかな乳房をやわやわと揉んでくる。

「く……んぅ、あぁ」

酒井の節くれだった指が、シャツの上から乳首を探り当て、乳輪を円を描くようになぞると、つんと乳首が勃ち上がってしまう。

「あ、あ……」

凝った乳首をこりこりと指の腹で擦られた途端、得もいわれぬ甘い刺激に下腹部がずきずき脈打った。

「あいちゃんのおっぱい、ずいぶん大きくなったじゃないか。他の男に吸われて、こんなに育ったのかい?」

酒井は愛の唇を舐めまわしながら、片手で器用にジャケットのボタンを外し、ブラウスを大きくめくり上げた。ベージュ色のレースのブラジャーに包まれている真っ白な乳房がぷるんと飛び出す。

「うむ――もうすっかり大人のおっぱいになって……」

酒井は感に耐えないといった声を出すと、ぐいっとブラジャーを押し上げ、たわわな乳房をむき出しにした。

「あ、や……」

空気にさらされた乳肌に、さっと鳥肌が立ち、乳首がより一層硬く尖ってしまう。

「乳首もいやらしい色になって――俺がいつもこうやって舐めて上げたんだよね」

酒井は少しカサついた唇で、熟れた乳首を咥え込んでくる。

「あ、あぁ、あふぅ……ぁ」

酒井の舌がちろちろと疼く乳首を舐めしゃぶると、下肢に淫靡な疼きがさらに広がっていく。

「あぁん、だめ、そんなにしちゃ……」

愛は猥りがましい声を上げ、背中を仰け反らして全身を波打たせた。

舌先で乳首を転がされ、唇にはさんで扱き上げたり、時に強く吸い上げたりされると、甘い痺れが全身を駆け巡り、息が乱れていく。

「はぁっ、あ、酒井、さん……っ」

愛はすでに股間がとろとろに蕩けきっているのを感じ、誘うように腰をくねらせ酒井の股間に擦り付けてしまう。

ズボン越しに、酒井の男根が硬く張り詰めてきているのがわかる。

「あいちゃん、欲しいのかい？」

酒井は左右の乳首を交互に舐めしゃぶりながら、愛のスカートの中に手を潜り込ませた。

「はあ、あっ」

ストッキングとパンティ越しに、ぐっと男の指が秘裂に突き込まれる。

その刺激だけで、腰が浮いてしまうほど心地よくなる。

「すごいな——パンティがびしょびしょだ」

酒井が意地悪い声を出す。

「昔から、あいちゃんは濡れやすかったものね」

「いやぁ、そんなこと言わないで……」

愛は恥ずかしさでかあっと頬を赤く染め、声を震わせた。

酒井がずるっとパンティストッキングごと下着を引き下ろす。ふわりと恥毛が外気にさらされた途端、子宮の奥にきゅうっと締め付けられるような疼きが走る。

「――淫毛がこんなに濃くなって、ほんと、いやらしい」

酒井が熱い息を吐き、恥毛をさわさわと撫でさすり、すでに濡れそぼった蜜口に指を這わせてきた。

「あ、いやぁ……」

溢れた愛液が男の指をぐっしょり濡らし、甘酸っぱい欲情した匂いが狭い店の中に立ちのぼっていくのが分かって、愛は羞恥に身を震わせた。

「もうぐちょぐちょだ、ほら」

酒井は指で秘裂の浅瀬を掻き回し、わざと淫猥な水音を立ててみせる。

「あ、あぁ、だめ……あぁ……ん」

疼いた媚肉を指で刺激され、愛は心地よさに猥りがましい喘ぎ声を止められない。

愛液の滑りを借りて、ぬるりと膣奥に指が押し入ってきた。

「あっ、あ、あ」

飢えた濡れ襞に指が突き入れられる快感に、愛は断続的に背中を仰け反らした。

「熱い――奥がうねうねして指を押し戻しそうだ。ああすっかり、いやらしいお○んこになっちゃって」

酒井は指を鉤状に曲げて、ぐっぐっと愛の感じやすい部分を押し上げてきた。

「はぁ、あ、ん、そこ、だめ……っ」

じんと足先まで甘く痺れ、愛は酒井の肩にすがりついて息を乱した。

「指だけでイッちゃいそうじゃないか？　こんなすけべな身体になっちゃって――ね、何人のち○ぽ、ここに咥え込んだんだよ」

酒井は片手で乳首を摘み上げ、片手で熟れ襞を捏ねくりながら、愛の首筋から耳の後ろにねっとり舌を這わせ、いやらしくささやいた。

「うぅ……し、知らないっ……意地悪……」

愛は羞恥に髪の毛の付け根まで血を昇らせ、いやいやと首を振った。

「ふん――噂は聞いてるんだ。あいちゃん、旦那の借金のカタに、どすけべなオヤジに身体売ってるって」

「っ……いやぁ、知らないっ」

初恋の人に、自分の今の悲惨な状況を知られていたのかと思うと、切なくてみじめで、涙が溢れそうになった。

酒井が膣奥をぐるりと強く抉った。

「はぁっ、あっ、あぁっ」

強い愉悦が脳芯まで響き、愛は艶を帯びた嬌声を漏らしてしまう。

「あんなに綺麗なお◯んこしてたのに、こんないやらしいドドメ色になっちまって——」

酒井がぬるぬるの指を抜き取ると、愛の腰を抱えてカウンターの上に完全に寝かせ、のしかかってきた。

「俺のち◯ぽで消毒してやる」

酒井は素早くズボンを緩めると、赤黒く隆起した屹立をつかみ出した。

愛は潤んだ瞳で酒井の怒張を凝視した。

容姿は貧相になっていたが、彼の剛直は雄々しく反り返っていた。

彼のペニスもまた、愛の記憶にあるものよりずっとどす黒く変色し、禍々しさを増している。それがかえって、淫猥な気持ちをいっそう燃え上がらせる。

「あいちゃんのお◯んこ、久しぶりだ」

酒井は欲望に掠れた声でつぶやくと、硬く膨れ上がった亀頭をひくつく蜜口にあてがってきた。愛は思わず腰を浮かし、両足を開いて受け入れる体勢を取ってしまう。

ぐぐっと濡れそぼった膣腔に、太い肉茎が押し込まれてくる。

「はあっ、あ、あぁ、ん」

満たされた悦びに、愛は白い喉を仰け反らせ、甲高い嬌声を上げた。

「お――思ったより狭くて、きつい――昔と変わらない――いや、もっとお○んこ、締め付けてくるじゃないか」

酒井は愛の片足を抱え、結合をさらに深めてぐちゅぬちゅと腰を打ち付けてくる。

「あ、あぁ、あ、酒井さん、あ、深くて……っ」

ごりごりと臍のすぐ裏側を剛直で突き上げられ、痺れるような快感が全身を駆け巡った。

「ここ、あいちゃん、弱いの覚えてる――子宮口のちょっと手前の、ひくひくしているところ――」

酒井はかつての愛の肉体を思い出すように目をうっとり閉じ、傘の張ったカリ首で、蠕動する熟れ襞をぐりぐりと擦り上げた。

「あぁう、あ、そこだめ、あ、だめ、ぇ……っ」

弱い箇所を責めこまれ、じゅくじゅくと新たな愛液が大量に溢れ出る。酒井の肉棒で捏ね回されて泡立った粘液が、抽挿とともに掻き出され、カウンターの上に淫らな水たまりを作る。

「ほら、ぐちゅぐちゅいやらしい音がする——お漏らししたみたいに溢れてくる」

酒井はわざとらしく腰を大きく回し、粘膜の繋ぎ目から卑猥な水音を立てた。

「やぁあ、言わないで……あぁ、い、いい、そこ……っ」

愛は羞恥と快感で全身をピンク色に染め、男を誘い込むような猥りがましい喘ぎ声を上げ続ける。

と、ふいに酒井が愛の腰を抱き上げ、深く挿入したまままぐるりと身体を一回転させた。

「ひぁ、あ?」

うつ伏せの体位にされ突かれる部分が変わって、愛はさらに艶めいた嬌声を上げた。

「あいちゃん、後ろからガンガン突かれるの、好きだったよね。ヨガる顔が見られなくて恥ずかしくないから、思いっきり感じられるって——」

酒井はスカートを腰の上まで思い切りめくり上げ、ぶるぶる揺れる豊満な尻を摑んで、ごんごんと最奥を責め立ててきた。

「ひ、あぁ、あ、だめ、当たる、あぁ、奥、当たるの……っ」

目も眩むような媚悦に襲われ、愛は冷たいカウンターに火照った頰を押し当てて、声を震わせた。

「可愛いね——声はあの頃のままで、身体は熟れ切って、すごくいやらしい」

するりと酒井の手が股間をまさぐり、びんびんに膨れているクリトリスをぬるぬると弄った。

「うぁ、あ、だめ、そこ、されると、感じちゃう……あぁ、いいっ」

さらにクリトリスの鋭い刺激が加わり、濡れそぼって収縮する膣襞が、歓喜して酒井の肉胴に絡みつく。

「うん、ここは、どう？」

酒井はたっぷり濡れた指先を、おもむろに後ろの窄まりに押し入れてきた。

「え？　あ、やぁ、そこは……っ」

膣腔の後ろ側に太い指が押し入ってくる感触に、愛はガクガクと腰を震わせた。

「アナル、まだしたことない？」

酒井は後孔に徐々に指を沈めていきながら、愛の反応を窺うような声を出す。

みっしりペニスが埋め込まれた濡れ襞越しに、後ろの窄まりが押し広げられる感覚に、愛はめまいがしそうになる。

「いやぁ、そんなところ、したことなんて……やめて、怖い……っ」

愛はいやいやと頭を振り立てて髪をおどろに乱した。

すると酒井が、ほくそ笑むように愉しげにつぶやく。

「そうか——じゃあ、あいちゃんの後ろの処女も、俺が奪ってやろうか」

酒井はそっと襞を引き延ばす指の動きを変え、もう一本指を増やし、ぐちゅぬちゅと激しい勢いで抜き差しを始めた。

「ひ、あ、あ、だめ、奥……あ、なんか、熱くて……あ、変に……っ」

上下の孔を一度に責められ、愛は変態的な快感に息も絶え絶えになって喘いだ。

「うん、いい反応だ——じゃ……」

ふいに酒井が腰を引き、ずるりとペニスを引き抜いた。

「あ？　あ、あ……」

ぽかりと淫腔が空になり、愛は猥りがましい喪失感にぶるっと内腿を震わせた。

後孔に突き入れられた二本の指がおもむろに抜け出て、まだぱっくり開いていているそこに、淫水でどろどろになった亀頭の先端が押し当てられた。

愛ははっとして、思わず身を引こうとした。だが、それより早くぬるりと亀頭の先が後ろの窄まりに捻じ込まれた。

「ひあ、あ、だめ、無理……っ」

愛は目を見開いて、悲鳴を上げる。

脈動する肉棒が、ひくつく後ろの襞を押し広げ、じわじわと侵入してくる。

「あ、あ、あぁ、あ……」

圧倒的な膨満感に、愛は頭が煮え立ってくらくらしてくる。

ぴりっと激痛が走り、どこか切れたのかもしれないと思う。だが、息を詰めて震えているうちに、一番太い部分がぬるっと収まってしまった。

「は、あ、あ、苦し……抜いて……っ」

初めて知る淫らな後ろの感触に、愛は身動きもできない。

「ああ挿《はい》った――挿《い》れるよ、全部」

酒井は愛の尻肉を両手で摑み、大きく割り開きながらぐいっと腰を強く穿った。

「ひうっ、ひ、はぁ、は、はぁあっ」

背中からうなじを抜け、ずーんと深い戦慄が走る。

熱く太い焼きごてをアナルに押し込まれたような感触に、愛は短い呼吸を繰り返して、必死でやり過ごす。

「――ほら、根元まで収まった」

酒井が動きを止め、深く息を吐いた。

「あ、ああ、あ……」

生まれて初めてアナルを犯され、愛は頭が真っ白になる。

酒井がおもむろに腰を蠢かす。

「やあっ、だめ、動いちゃ……壊れちゃう……あぁ、あ、ひぅあ」

ずるりとカリ首のくびれまで引き抜かれると、圧倒的な排泄感に菊門がひくひくとおののいた。

「もう遅い――君の後ろの初めてを奪ったよ」

酒井は感慨深い呻き声を漏らし、ゆっくりと抽挿を開始した。

「くぁ、あ、や、あ、だめ、あ、あぁあっ」

こんなことありえないと思うのに、灼けつく肉棒を穿たれ、引き摺《ず》り出されるたびに、ぞくぞくと悪寒と快感が入り混じった不可思議な感覚が、全身を満たしていく。

「ほら、だんだんいい声になってきた——感じてきたろう？」

ぐちゅぐちゅと膨れ上がった脈動を抜き差ししながら、酒井が身体をのしかからせて、愛の耳元でいやらしくささやいた。

「んぁう、あ、やぁ……感じてなんか……あ、あぁ、あ、はぁっ」

身体の奥深いところから、ぽってりした重苦しい熱が生まれ、それが次第に膨れ上がり、異様な高揚感に変わっていく。膣襞を擦られるのとはまた違った、不思議な爽快感すら伴う快感を感じ始め、愛の腰が少しずつ男の腰の律動に合わせて揺れ始めた。

「んふぁう、ふぅん、あふぅ、はぁ、ふぁあ……」

全身が燃え上がるような快感に支配され始め、思考が停滞していく。

「ああきつい——あまりもたないよ、あいちゃん」

酒井がくるおしい声を漏らすのすら、いやらしく感じ入ってしまう。

「んんぅ、ふ、はぁ、熱い……あぁ、なんだか、おかしくなって……あぁ、ど、どうしよう……あぁ、変に……い、いぁあぁっ」

覚えたての愉悦に頭が朦朧とし、どこかに浮遊するような感覚に愛は身を任せた。

「いいんだね、ああ、感じているね、あいちゃん、あいちゃんのお尻の中に、出すよ――」

　絶頂寸前の酒井は、もはや遠慮なくがつがつと腰を打ち付けてきた。

「おぉ、ぁあ、あ、壊れ……ん、んぅう、お、ひぅ、あ、ほんとに、おかしく……っ」

　後洞をぐりぐりと削られると、会陰越しに子宮まで重熱い刺激が伝わり、きゅーんと隘路がせわしなく収斂する。

　ほどなく、めくるめくエクスタシーが襲ってきた。

「あぁあ、あ、出して……あぁ、あいのお尻に、出して……来て、あぁあっ」

　愛はさらなる悦楽を貪るように、無意識に尻を振り立てていた。

「く、出す――っ、あいちゃん」

　酒井が低く唸り、ぶるりと胴震いする。

　次の瞬間、どくどくと熱い精が狭い後胴の奥へ注ぎ込まれる。

「ああっ……あぁあっ、あっ」

　酒井は残滓《ざんし》までたっぷりと、愛の直腸内へ吐き出した。

「――は――」

満足しきった溜め息をつき、酒井は男根をずるりと引き摺り出す。

「あ、あん、あぁ、あ……」

引き抜かれる喪失感と、どろりと溢れるスペルマの熱い感触に、愛は再度昇り詰めた。

身体中の力が抜けてしまい、愛はカウンターの上に突っ伏してひくひくと震えた。

「——あいちゃんの初めてを、全部もらっちゃったね」

酒井は気怠げに起き上がり、カウンターに腰を下ろした。

愛は激烈な情交に、まだ意識が混濁していた。

「俺、思い残すこと、ないな」

ぼそりと酒井がつぶやく。

愛はふっと現実に戻り、ゆっくりと身を起こした。

「酒井、さん？」

もの問いたげな愛に、酒井は顔を振り向け静かに言う。

「俺、田舎に帰るよ。年取った母が一人畑やってるから、手伝うのも悪くないかもな」

愛は快感の余韻にうつけた眼差しで彼を見つめた。

酒井はほろ苦く笑う。

「結局、俺は失敗した――でも、あいちゃんは、見かけほどひ弱じゃない。きっと君はどこかでのし上がってくるよ」

一瞬、彼の表情にかつての才気煥発なマネージャーの面影が重なる。

「そんなの……夢よ」

愛は信じられないと首を振る。

酒井はそれ以上なにも言わなかった。


それ以来、愛は酒井に会うことはなかった。

彼からの連絡はそれきりで、愛から電話しようとも思わなかった。

(私の初めてを、すべて捧げた人――もうそれだけで、いい)

今は堕落しきって、見知らぬ客に意のままに肉体を貪られているが、せめて初めては自分の意中の人に奪ってもらえた。

それだけが、愛の心の救いになったのだ。

半年後、たぬき横丁は東京都の新開発計画のため、すべての建物が取り壊しになることが決定した。

後日、愛がそこを通りすがった時には、一帯は広大な更地になっていた。

もはや、そこに酒井が存在したかどうかすら、愛にはわからなかった。

第二章　数十年ぶりの「共演」

その部屋に一歩足を踏み入れたとたん、インテリアの異様さに、愛は足がすくんだ。

高価な布クロスを張った壁に、手織りのペルシャ絨毯が敷き詰められた床、クリスタルのシャンデリア、精緻な彫刻を施した黒檀の家具——豪奢なしつらえの部屋の中は、一面「あいちゃんグッズ」で埋め尽くされていたのだ。

注文作りの棚には、子役アイドル時代の愛の出演したドラマや映画のビデオやＤＶＤのみならず、ＣＭや歌番組、バラエティ番組にゲストで出た時の映像まで、きちんとラベリングされて保管されている。壁にはびっしりと愛のブロマイドやサインが並ぶ。さらにどこで手に入れるものか、当時の愛が使用していた衣装が、マネキンに着用させてずらりと並んでいる。

「ふふ、すごいでしょう？　あたしのご自慢のあいちゃんコレクションなのよ」

コレクションに埋もれるようにしてソファに腰掛けている、愛と同世代くらいの女が、低く笑った。

ショートヘアを金髪に染め、でっぷりと太ったその姿は、茶色のサテン地のドレスのせいもあり、巨大なトドのようだ。女はのったりと立ち上がって、呆然としている愛に近づいた。

「ああ、会いたかったのよ、本物のあいちゃんに……」

女が手を差しだして、愛の頬を愛おし気に撫でる。派手なネイルを施した太い指には、大粒のダイヤの指輪が食い込むように光る。

「まあ、お肌すべすべじゃない。相変わらず可愛いままね、うらやましい」

女は厚化粧の顔を愛に寄せてくる。金にあかせて整形やリフティングを施したその顔は、しかしもともとの醜女を隠しきれない。

真っ赤なルージュを塗りたくった分厚い唇が、ぬめぬめと愛の頬を這い回る。

その唇の不快さと、女のむせ返るような強い香水の芳《かお》りに、目が回りそうになる。

女は愛の顔を口紅だらけに汚しながら、太い腕を絡めて愛をぎゅっと抱きすくめた。

「スタイルもいいのねぇ。ああ、ずっとあいちゃんにあこがれてたのよ。テレビ見ながら、あいちゃんの髪型も仕草も、みんなまねしたのよ」

ふいに女の手が、力任せに愛の乳房を服の上からむにゅっと握りしめた。

「あ、うっ」

激痛に顔をしかめる。女は手に力を込めたまま、愛の耳元で低く囁いた。

「でもねぇ、あたしはこんなブスでしょう？　クラス中の笑い者になっただけだった」

そう言うなり、いきなり女は愛の唇を奪いにきた。

「う、うぐぅう……」

女は乱暴に舌を突き出して愛の唇を開かせると、ぬるぬると口腔内を愛撫する。ねっとりと歯列をなぞり、喉奥まで厚い舌を押し込めて舐り回してくる。

突然のことに愛は身動きもできず、女の執拗なキスを受け入れてしまう。

女が身にまとう過剰なほどの濃厚な匂いに、頭がくらくらしてくる。

「あー、美味しい、あいちゃんのお口、甘くてとろけちゃう」

女は熱く息を荒がせ、淫らなキスを繰り返す。そうしながら、握った愛の乳房をゆさゆさと揉みしだく。

「あ、や、ああ……」

変質的な女の愛撫に、愛の官能が少しずつ溶けていく――。

「今日のお客は、榊原《さかきばら》という金持ちの未亡人だ。お前の大ファンだったから一度会いたいっていうんだ。なに、ちょっと茶飲み話でもすれば、相手は満足さ。いい金づるだよ」

夫の言葉を信じて、代官山の一等地にあるこの屋敷にやってきた。相手が女性なら、なにも起こるまいと甘く考えていたのだ。

よもや彼女が、ここまでディープな自分のファンだとは思いもしなかった。

榊原夫人の手は、愛の乳房から次第に下腹部へ這い回り、遂にスカートをめくり上げて、その奥へ侵入してくる。夫人の太い指が、すべすべした太腿の付け根をまさぐり、薄いパンティ越しに秘裂を探り当て、ゆっくり上下になぞり上げた。

愛の身体がびくっと反応する。

「あ、あ、やぁ……やめて、奥様……」

夫人の意外に巧みな指使いに、愛は身悶えして掠れた声で訴える。

夫人は顔を少し引いて、血の気が昇ってきた彼女の艶かしい表情を見つめた。

「うふ、感じてきた？　あいちゃん、可愛い」

夫人はうっとりした表情で言い、床にむっちりした膝をついた。愛のスカートを大きく捲り上げると、その股間に顔を寄せてくる。

「あっ、いや、だめ……」

刺すような夫人の視線が、下腹部にじんわりした甘い疼きを呼ぶ。

「ああ、あいちゃん……！」

夫人は、愛のすらりとした純白の太腿をぺろぺろと舐めさすりだした。青白い鼠蹊《そけい》部も丹念に舐め回り、股間が女の唾液でぐっしょりになる。

「あ、奥様……そんな……」

体験したことの無い刺激に、愛は下肢を小刻みに振るわせる。夫人の舌は、遂に薄いパンティに包まれた陰部の割れ目を探り当て、くっきり浮き出た溝を辿って、れろれろと舐め上げてきた。

「あっ、ああん……」

淫靡な刺激に、愛は思わず吐息まじりの喘ぎ声を漏らす。

たちまち絹パンティの中心に唾液の染みが広がり、黒い陰毛に包まれた淫裂が透けてみえた。すでに下着の内側で、花唇がぱっくり物欲しげに口を開いているのが自分でもわかった。

そしてとうとう夫人の手が、パンティの端からぬるりと侵入してきた。

「はあっ、はああっ」

愛は挿入の快感にのけぞる。夫人の太い指が花弁を割り、淫襞を擦り上げてきた。

「あらあ、すごいおツユ。あいちゃんたら、いやらしい子ねぇ」

染み出した淫蜜が夫人の指の動きに合わせて、蜜口の中でくちゅくちゅと卑猥な音をたてて弾ける。

「ああ、だめ、奥様、いやぁん……」

愛は切れ長の目を潤ませて、下半身をくねくね悶えさせる。彼女の反応に気をよくしたのか、夫人の指が奥深くまで差し入れられ、熟れた柔肉をぐりぐりと攪《かく》拌《はん》した。

「あん、あぁ、あ」

全身に甘い快感が走り抜けた。

「う……うう、もう、許してぇ……」

愛は頬をピンク色に上気させて、微かに開いた紅唇から悩ましい喘ぎ声を漏らす。

「ああいちゃん、感じてるのね、うれしい」

夫人は陶酔しきった表情で、羞恥に悶える愛の顔を見つめながら、さらに膣腔の奥まで指を突き入れて、ねちょねちょと擦り上げる。

「あ……ああん……やぁあん」

愛はか細い声ですすり泣きながら、官能を蕩けさせていく。

ふいに、夫人がスカートに続いて、愛のパンティを引き下ろした。

「あっ、ああっ」

恥部を剝き出しにされて、愛は恥ずかしさで耳朶まで真っ赤に染め首を振る。

夫人の頭が、ゆっくりと股間に迫ってきた。

「うふん、あらぁすっごくいやらしくていい匂いがする。昔は何も知らない無邪気な顔をしてたのに」

夫人はくんくんと犬のように鼻を鳴らして、愛の股間を嗅ぎ回る。彼女の熱い鼻息が恥毛をそよがせ、くすぐったさにも淫らに心地よい。

夫人はふっくら盛り上がった陰毛をまさぐり、紅く充血した肉扉を指をかけて左右に押し開いた。

「いやぁ、見ないでぇ……！」

愛は柔らかな髪を振り乱して身悶えした。ぱっくり開いた淫裂が、夫人の面前に丸見えになって、羞恥で全身に緊張が走る。

「まあぬるぬるよぉ。うふふ、どんな美人でも、ココはいやらしいのねぇ」

夫人は勝ち誇ったような声を出すと、肉襞を掻き分けて、その中心部に唇を寄せた。

「は、ひぃっ、ひっ」

愛はびくりと全身を震わせた。夫人の生温かな舌が、肉層を舐め上げてくる。

「んふぅ、ああ、美味しい、あいちゃんのココ、すっごく美味しいわぁ」

夫人は酩酊した声でつぶやきながら、ぴちゃぴちゃ粘膜をしゃぶり続ける。

「やめ……て、ああ、いや、やめてぇ」

嫌悪しか無いはずの夫人の行為に、愛は次第に倒錯した快感を感じ始めていた。夫人の舌は別の生き物のように巧みに動き回り、ぬちゃぬちゃと淫肉を舐りまくる。

「あん、あっ、あっ……ああふうんん」

愛は白い喉を仰け反らして、被虐の快感に喘いだ。悦楽におののく肉腔の奥から、とろりとろりと粘っこい愛蜜がひっきりなしに溢れてきて、夫人はそれを猥りがましい音を立ててすすり上げる。

「あー、美人のエキス。あたしもきれいになれそうよぉ」

夫人は憑《つ》かれたように愛の媚肉をしゃぶり続ける。淫裂の上辺の充血したクリトリスを舌で転がしたかと思うと、長い舌を肉孔の中でれろれろと抜き差しする。

「ああん……ああもう、ああ、もうだめ、ああ奥様、許してぇ、もうたまりません……」

愛は全身を震わせて、妖艶な声で猥りがましい嗚咽を漏らし続ける。

ふっと夫人が顔を上げた。紅潮した顔にしっとりと汗をかいてすすり泣く元アイドルの様子を、満足げに凝視する。

「イキたいのね？　あいちゃん？」

愛は恥ずかしさをこらえ、こくりとうなずいた。

夫人は淫汁だらけの秘裂をにちゃくちゃと指で掻き回しながら、意地悪く笑う。

「だ、め。まだイカせない」

そう言うなり、夫人はどっこらしょっと立ち上がった。昇り詰めようとしていた愛は、ふいをつかれてぼんやりした目で夫人を見る。

夫人は猫が鼠をいたぶるような眼差しで、下半身を剝き出しにして立ち尽くしている彼女の姿をじろじろと眺めてきた。

「あたしね、今日という日に備えて、あいちゃんのために、とびきりのお客様をお呼びしたのよ」

「え?」

愛はきょとんとして首を傾けた。

「さ、お入りなさいな」

夫人がさっと後ろを振り向いて声をかけた。

するとどっしりした紅いカーテンの向こうから、一人の男性がゆっくり姿を現した。頭頂の薄い痩せた中年男だ。しかも男はブリーフ一枚である。

「……? ……あっ!?」

一瞬戸惑った愛は、男の面影に記憶が呼び覚まされ、はっとして声を上げた。

夫人がけたたましい声で笑った。

「気がついた? 『たっちゃん』よ」

男は虚ろな表情で、無言で愛の前に立った。

「た、達也《たつや》クン?」

愛は震える声でつぶやいた。

かつて愛の出演したテレビドラマの中でも、一番のヒット作は『あいちゃんたっちゃん』シリーズだった。

おしゃまな姉といたずらっ子の弟が繰り広げる明るいコメディドラマは、高視聴率を稼ぎ、何本もシリーズが作られた。そのドラマで、愛の弟役は里中《さとなか》達也という少年で、愛くるしい瞳と達者な演技が評判だった。

だが、愛が成長して「あいちゃんたっちゃん」シリーズは打ち切りになった。

そして達也もまた愛と同じように、年齢とともに子役時代のイメージを払拭《ふっしょく》できず、いつしか芸能界から消えていたのだ。

今目の前にいる、冴えない中年男がその達也なのだ。微かに目元に当時の面影が窺える程度だ。夫人は呆然としている愛の様子を楽しそうに眺めていたが、ふいに男に命じる。

「たっちゃん、二十年ぶりの再会じゃない。ぜひ共演を見せて欲しいわぁ」

男は黙ってブリーフを脱ぎ始めた。

愛はぎょっとして目を見張る。達也の股間の逸物は、すでに赤黒くてらてらと光り、そそり勃っていた。

子役時代の達也しか記憶にない愛は、痩せた体型にそぐわないくらいに雄々しく長大な彼のペニスに震え上がる。

「達也クン……！」

愛は思わず後ずさりした。達也はそのまま真っ直ぐ近づいてくる。

夫人はクッションのきいたソファにどっかと陣取り、寛いだ表情で二人の様子をじっくり見ている。

「たっちゃんねぇ、あれから苦労したらしいのよぉ。俳優の仕事が全然なくなっちゃって。でね……」

夫人の目が妖しくきらりと光った。

「彼、ずっとＡＶ男優やってたのよ」

愛の顔からみるみる血の気が引いた。

共演当時は、目のくりくりした人懐っこい少年だった。一人っ子の愛は、「ねえちゃん、ねえちゃん」と慕ってくる達也を本当の弟のように可愛く思っていた。

そんな彼がよもやＡＶ男優とは――。

「そんな――」

呆然と立ち尽くす愛の肩を、達也が両手で摑んで引き寄せる。痩せているのに、思いのほか強い力だ。

「た、達也クン……だめ！」

愛はうつろな達也の目を必死でとらえて、訴える。しかし、達也は視線を合わせず、片手で愛の細腰を抱え、片手でたわわな乳房をすくい取るように撫で回してきた。

「や、あ……あ、あ」

さすがにAV男優で女性経験を積んだせいか、達也の愛撫は巧みで、乳房をゆったり揉みほぐしながら、指で乳首を挟んでこりこり刺激する。そうしながら、愛の白い首筋に顔を寄せ、ちゅっちゅっと音を立てて淫らな口づけを繰り返す。

「あ、あ、やぁん、やぁ……」

夫人の手でアクメの寸止め状態だった愛は、みるみる官能を蕩けさせていく。達也の腕から逃れようと身じろぐが、すでに全身の力が抜けてしまっている。

ふいに乳房を愛撫していた達也の手が、愛の股間にこじ入れられ、充血しきった淫裂を擦りだした。びくりと愛の全身が震える。

「ひ、ひぁ、ああ、あ」

すでにしとどに愛蜜が溢れている肉襞の中を、達也の長い指が緩急をつけてぐりぐりと掻き回す。

「や……だめ、そんなに……あ、ぁあ」

愛はすっかり、達也の指の与える快感に骨抜きにされてしまう。

にちゃにちゃと卑猥な水音が部屋に響き渡った。

夫人は目をらんらんと光らせて、悶える愛の悩ましい顔を見つめている。達也は無表情のまま、黙々と愛を責め立てる。新たに溢れた淫汁で、達也の手も愛の股間もぐしょ濡れになった。

「うう……ああ、た、達也クン……ねえっ」

愛は四肢を突っ張らせて、せつな気な声を放った。

達也は彼女の股間から手を抜き取ると、崩れ折れそうな愛の身体をゆっくりとそのまま床に押し倒した。

その際、夫人に愛の陰部が丸見えになるように位置を直されたことに、愛は気がつかなかった。達也の両手が、愛の膝を大きく割る。

「あ、ああ……ねえ、早く、お願い……」

愛は恥辱に頬を染めながらも、情欲に支配され、とどめを刺して欲しくて甘く鼻を鳴らす。剝き出しになった紅い肉襞が、物欲しげにひくひくと閉じたり開いたりしている。

達也が愛にのしかかってきた。

カリ太の肉棒の先端が、ぬるぬるとヴァギナの周囲を這い回る。そのもどかしい刺激に、

「はあっ、ああ、たっちゃん、ねぇえ、早くぅ、早く入れてぇ、たっちゃんー」

愛はかつての達也の愛称を連呼しながら、腰をくねくねさせて誘う。

ふいにずるりと硬い切っ先が、熱く開いた淫花の中に突き立てられた。

「あっ、ううっ」

肉腔の中心部に、達也の先端がぴっちりとハマった。

愛の全身に衝撃が走る。

(お、大きい!)

いざ受け入れてみると、目視していたものよりずっと巨大だった。

達也のペニスは、膣壁が内側から大きく押し広げられるような太さだった。まるでこん棒を押し込まれているようだ。思わず身を引こうとした愛の細腰をがっちり抱えて、達也が一気に剛直を沈めてきた。

ごりごりと膣壁が削られるような感覚に、恐怖と激痛で愛は甲高い悲鳴を上げ

た。

「ひ、あ、痛い、あ、やぁ、痛いぃ！」

泣き悶える愛を尻目に、達也は狭い肉径をずぶりずぶりと抉ってくる。

「ああすごい、あいちゃんがたっちゃんにハメられてるぅう、すごいわぁ」

夫人は興奮で裏返った声を上げ、のそりとソファから立ち上がり、交わっている二人の側に近づいてきた。

達也はおもむろに上半身を起こし、愛の足首を握って大きく開かせた。真っ紅に腫れ上がった淫裂いっぱいに、ぬら光る極太の怒張が深々と呑みこまれているさまが、夫人に丸見えになる。夫人はその部分に顔を寄せて、目をぎらぎらさせ舐めるように見つめてくる。

「いやぁ！　見ないでぇ！」

愛はあまりの屈辱に、華奢な肩を震わせて嗚咽を漏らす。

「どぅお？　たっちゃんのお○んちん、大きいでしょう？　ＡＶ界でも一、二を争う大きさだったんですって。ふふ、たっちゃん、どんどんヤッちゃって！」

夫人は興奮で歪んだ顔を達也に向け、大きくうなずく。達也はゆっくりとしたピストン運動に入った。

「ひ、ひぁ、ひぃ、ひいいぃ」

愛は仰け反って苦痛の声を漏らしていたが、何度も粘膜を擦られているうちに、じわりと灼けつくような愉悦が結合部から生まれてくるのを感じた。

悲鳴が次第に甘い泣き声に変化していってしまう。

「あ……あん、あ、ああっ……んぅ」

「うふふ、もう気持ち良くなってるみたい。ほんと、あいちゃんたらエッチねぇ」

夫人は妖艶に泣き濡れる愛の顔を、うっとりと見つめている。

達也は深々としたストロークに交えて、腰を回転させてぐりぐりと膣壁をこすったり、角度を変えて左右に突き上げたり、様々なテクニックで愛を追い詰めてくる。

あまりに巧みで多彩な責められ方に、愛はどんどん被虐の悦びに頭が犯されていくのを感じた。

「はああ、ああ、ああ、き、気持ち、いい……ああ、たっちゃん、いいのぉ」

いつしか愛は自ら腰をうねらせて、マゾヒスチックな悦楽に酔いしれる。

無表情な達也の額にじんわり汗が浮かび、土気色の顔に赤味がさしてきた。

「ねえたっちゃん、あいちゃんの、お姉ちゃんのお○んこ、どう？　いいの？」

夫人は息を弾ませ始めた達也に、ねちっこく尋ねる。

達也はちらりと夫人の顔を見て、無言のままさらに抽挿の速度を上げる。彼は両手を伸ばし、腰の動きに合わせてゆさゆさ揺れている巨乳をつかみ、こねくりまわしたり、尖りきった乳首を摘まみ上げたりしてきた。

鋭角的な痺れがそこから下腹部へ走り、愛はさらに淫らに感じてしまう。

「ひいい、あああ、ああ、感じるう、ああ、ああ、いいい、いいいいっ」

愛のヨガリ声が尻上がりに昂ぶっていく。

「あいちゃん、イクの？　ねぇ、イクのね？　イクって言うのよ！」

夫人は自身も昇りつめていくような、火照った顔で上ずった声を出した。

「や……やぁん……いやぁああん」

愛は柔らかな黒髪を振り乱して、くるおし気に泣き叫ぶ。こんな見世物のようなシチュエーションで、アクメを極めたくはないのに、いつもよりもっと興奮している自分がいた。

達也がとどめとばかりに、愛の腰を抱え、深々と貫いて激しく揺さぶってくる。

子宮口にごつごつと硬い先端が当たり、脳芯に強い悦楽の衝撃が走った。

「イ……ク……ぅうう……イクゥ……イクぅウウウウウ～」

愛の脳裏がエクスタシーに真っ白に灼けきっていく。

と、同時に蜜壺が渾身の力をこめて、達也の肉棹をぎゅっぎゅっと猛烈に締めつけた。

「ね、ねえちゃん……！」

達也が仰け反って、一声、吠えた。

初めて彼が声を発した、と愛は陶酔した頭の隅で思う。

達也は深い溜め息をつきながら、どくんどくんと大量の淫液を迸らせた。

「あ……あぁ……あああぁ……」

愛はぬるぬるに柔襞が汚されていくのを感じながら、被虐の悦びに身を任せた。

「すごいわぁ、あいちゃんとたっちゃんがエッチしちゃうなんて——もう、あたしがまんできないぃ」

上ずった声を上げた夫人は、真っ赤に火照った顔面を引き攣らせて、身悶えながらドレスを脱ぎ捨てた。

ぶよぶよにたるんだ生白い裸体が露わになる。

異様なほど巨大な乳房が臍のあたりまでぶら下がり、ボンレスハムのように脂肪が幾重にも重なっている夫人の肉体は、禍々《まがまが》しい迫力があった。

「さ、今度は三人で楽しむのよ。たっちゃん、よろしくね」

夫人の太い腕が達也の首に絡みつく。

欲望を放出して惚けたような顔をしていた達也は、おもむろに身を起こして腰を引いた。ずるりと愛の秘腔から男の肉棒が抜き出る。

「あ……んぅ」

めいっぱい巨根を受け入れていた愛の膣壁は、たらたらと達也の白濁を垂れ流しながらしばらくぽかりと開いたままだった。

アクメの余韻にぼんやりとして顔を上げると、驚いたことに、達也の射精したばかりのペニスはすでに半勃ちになっていた。驚くべき回復力は、AV男優をしていたせいだろうか。

達也はまとわりつく夫人のスイカのように巨大な乳房に、ねっとりと舌を這わし始めた。

「うふ、さすがAV界きっての猛者ねぇ」

夫人はうっとりした表情で、達也の愛撫に身をまかせている。

「たっちゃん、気持ち良くしてあげたんだから、今度はあいちゃんにしてもらいなさいな」

夫人の命令に、達也は無言で横たわっている愛の顔を跨ぐようにし、まだ愛の淫水で濡れ光る逸物を、愛の口元にぐいっと押しつけた。

「あ、ぐうぅ……むぐう……」

エクスタシーの余韻醒めやらぬ愛は、口腔内にねじ込まれる剛棒を抵抗なく受け入れてしまう。めいっぱい口唇を開いて、必死で太茎を呑み込む。

「ん……んっ、むうんん……」

達也の股間からは、濃厚な雄フェロモンの匂いがぷんぷんする。

彼の巨根は、男の体液と自分の粘液が混じった酸味の強い味がした。その強烈な芳香に酩酊し、愛は極太の肉棒に舌を絡めて舐りだした。

太い血管が浮き出てびくびく脈打つペニスの鈴口からは、ひっきりなしに先走り液が吹きこぼれ、愛の口元をべとべとに汚す。

「ああすごいわぁ、あいちゃんがたっちゃんのお○んちん、しゃぶってるぅ。すごぉい、いやらしい」

夫人はますます興奮した声を上げて、達也に乳房を舐られながら、自分で股間をいじり始めた。

「うああ、感じちゃう、ああすごい、すごいぃ」

愛の頭の上で、脂肪の塊のような夫人の肉体がゆさゆさ揺れて壮観だ。その動きに合わせるかのように、達也も愛の顔に下半身を勢い良くぶつけてくる。

「あぐう……はあう、はぐううう」

喉奥まで深々とペニスを突き立てられ、愛はえずきそうになった。

苦し気に眉根を寄せながらも、夢中で口腔愛撫に耽る。

何度もアクメを極めた愛の思考は鈍化し、もはや倒錯した3Pに抵抗を感じなくなっていた。それどころか、倒錯した異様な興奮が全身を包み、歪んだ悦びが子宮の奥から湧き上がってくる。

「んふぅ、あふぁ……くちゅ……んちゅ……ぅ」

唇に力をこめて怒張を扱いているうちに、口の中でますます肉茎が硬く膨れて、顎が外れるかと思うほどだった。

「はあぁん、たっちゃん、もうがまんできなぁい。ちょうだい、ちょうだぁい」

夫人がぶるぶると全身の贅肉を揺すって、締められたガチョウのような裏返った声を出す。

達也は愛の口からずるりと肉棒を引き抜いた。

彼はひと抱えもありそうな夫人の巨尻を持ち上げて、四つん這いにさせた。垂れ下がった双臀の肉のはざまから、ぬらぬら光る赤黒い肉襞がはみ出している。

達也は夫人の五段腹に両手を埋め込むようにして抱え、背後から連結にかかった。

「はぎいいいぃぃ」

粘膜を突き破って剛棒が押し入ってくると、夫人はブタのように鼻を鳴らして喘いだ。達也が腰を使うたびに、夫人の全身の贅肉がぶるんぶるん震える。

愛はわずかに上半身を起こし、二人の壮絶な交わりに目をやった。

「あいい、いいっ、ああいいっ、たっちゃん、いいわぁ、もっとよぉ、もっとぉ」

夫人はゆっさゆっさ揺れながら、甲高いヨガリ声を上げ続ける。愛はその壮絶なファックシーンを呆然と見つめた。膣襞がじわりと熱くなり、物欲しげにうねってくるのを感じる。

「く……はぁ、あ、あいちゃん。あたしだけ気持ちよくなっちゃ、かわいそう。ね、舐めてあげるわ、はぁあ、来なさい……」

夫人が喘ぎ喘ぎ呼ぶ。

愛は呼ばれるまま、ふらふらと起き上がった。

もはや思考が停止し、淫らな悦びを貪ることで頭がいっぱいだった。

愛は達也の方を向き、夫人の顔を跨ぐように腰をかがめた。すかさず夫人のぬらぬらした舌が、愛の股間を舐め回す。

「あ……あぁぁん」

れろれろと充血しきった淫襞をねぶられ、たちまち愛の全身が愉悦に打ち震えた。

「はああっ、お、奥様ぁ……んんぅ、ああ、いやぁん」

愛は白い喉を反らして、悩ましい鼻声を漏らした。

「ああう、う、うれしいぃ、あこがれのあいちゃんのお○んこを舐めながら、たっちゃんにハメられるなんてぇ、さいこうよぉ……ああ、ふぁん……」

女二人の妖しい喘ぎ声が、淫猥なハーモニーとなって部屋に響く。

達也は額に汗を浮かべながら、黙々と夫人に抽挿を繰り返している。

その達也の律動が、そのまま夫人の舌使いに伝わり、愛は再び達也に貫かれているような錯覚に陥る。

「あくぅう、ああ、気持ちいい、ああ、奥様ぁ、し、痺れちゃうぅ」

愛の甘い嗚咽がたかぶる。

ふと、うつむいていた達也が顔を上げ、まっすぐ愛を見つめた。

「……ねえちゃん」

その声に抑えたせつない感情が感じられた。

愛はアクメに酔った目で達也を見返す。

「たっちゃん……」

その一瞬、二人は共演していた子役時代に戻った。

二人はどちらからともなく顔を差し出して、夫人の肉厚な背中越しに唇を重ねた。

「ん……ふぅ、んんぅ……」

達也の舌が性急に愛の唇を割り、口腔を貪るように掻き回してきた。

彼は溢れた唾液を口の端から滴《したた》らせ、初めて感情のこもった声を出す。

「ねえちゃん、あの頃からずっと好きだったんだよぉ……」

達也は喰らい付くように愛の舌をちゅうちゅうと吸い上げた。

愛は、達也と共演していた頃を走馬灯のように脳裏に思い浮かべ、胸にこみ上げてくるものがあった。

「ああ……たっちゃん……うれしい……おねえちゃん、うれしいわ……あああふぅうう」

愛も情熱的に舌を絡めながら、淫靡な口づけに耽る。

夫人を穿つ達也のストロークが倍加した。

「あああ、あああ、たっちゃん、もうダメぇ、イクわぁ、イッちゃうぅうううう～」

夫人が小刻みに震えながら絶頂を極める。

その刹那、夫人は愛の充血しきったクリトリスをきゅうっと甘噛みした。

びりびりと鋭い喜悦が、愛の脊髄から頭頂へ駆け抜けた。

「ひ、ひぁあ、あ、わ、私も、い、イクっ」

愛はびくびくと全身を痙攣させ、甲高い声でオルガスムスを告げる。

「お……ううっ、出るっ」

最後に達也ががくがくと腰を振るわせながら、欲望を放出する。

彼はずんずんと肉の塊のような夫人の尻肉に腰を打ち付け、愛の唇にむしゃぶりつく。

「んんー、ん、はぁ、んんんっ」

達也の舌にくちゅくちゅと自分の舌を絡ませ、愛は再度昇り詰めた。

そのまま、三人は体位を変えて再び淫らな性交に耽溺した。

愛はトドのように横たわった夫人に覆いかぶさり、夫人の小玉スイカのような乳房にむにゅむにゅと自分の乳房を擦り付け、下腹部を夫人の陰部に押し付けて前後に滑らせた。

女同士の恥毛をざりざりと擦れ合わせ、じんじん疼くクリトリスを相手のクリトリスで刺激した。

「はぁ、ああん、あいちゃんのクリトリス、おっきいのね……あぁん、当たるうぅ」

夫人はうっとりとした鼻声を出す。

「うふぅん、奥様のクリトリスもびんびんに硬くて、気持ちいい……」

愛は腰を押し回すようにして、爛《ただ》れた陰唇を擦りたてた。

「ああ――ねえちゃん、すごくエッチだ」

折り重なる女たちの背後に立った達也は、誘うように揺れる愛の尻肉をがっちりと摑んだ。

「お〇んこ、ぱっくり開いて、いやらしくひくひくして――」

達也の長い指が、ぬるっと秘裂をなぞると、愛はじゅわっと新たな淫蜜が吹き出し、たらたらと夫人の下腹部に滴るのを感じた。

「いやぁん、たっちゃん……おねえちゃんのお〇んこに、もう一度挿れてぇ……めちゃくちゃに掻き回してぇ」

愛は白い尻をくねくねとのたうたせ、背後の達也を誘う。

「ああ――いくらでも、してやる、ねえちゃん」

達也の太い先端が、無防備にさらされた陰唇に押し付けられると、卑猥な期待で愛の背中がぞくぞく震えた。

太い肉棒で一気に最奥まで貫かれる。

「あああーーっ」

子宮口を突き破られそうな勢いで濡れ襞を擦り上げられ、愛は嬌声をあげて、挿入の衝撃を味わう。

「く――きつい」

背後で達也が低く呻く声にすら、甘く痺れてしまう。

ずんずんと彼が熱い肉楔を縦横無尽に突き入れてくると、愛はたまらない快感に喘ぎ声を甲高く張り上げる。

「あ、あぁ、あ、深い……あぁん、子宮口に、当たるぅ」

達也の太い血管の浮いた裏筋が、クリトリスの裏側を擦り上げていくのもこの上なく気持ちいい。

「んぅ、ん、あいちゃん、もっと、ねえ……もっとぉ」

達也の抽挿に気をやっていると、下から夫人が甘えて鼻を鳴らした。

彼女は両手で愛のたわわな乳房を持ち上げるように掴むと、びんびんに尖りきった乳首にちゅうっと吸い付いた。

「ひぁ、あ、だめ、奥様……っ」

強い刺激に愛は背中を反らせ、膣肉を抉られながらその勢いを借りて、夫人の性器をぬるぬると陰唇で擦った。

「ぁあん、いい、あいちゃんのお○んこ、熱くてとろけそう……あぁん」

夫人の豊満な身体は、まるで羽布団の上のように柔らかく沈み込み、愛は背後からの律動と前からの性器の擦れ合いに、夢中になって喘いだ。

「あ、あぁ、あ、すごい……たっちゃんのお○んちん、大きい、当たるのぉ、飛んじゃう、どこかに飛んじゃぅう」

愛はどうしようもない背徳的な官能の炎に灼かれ、涙目で黒髪を振り乱した。

「ねえちゃんのお◯んこ、すげぇきゅうきゅう締まる」

達也がぐいっとさらに深く腰をねじ込んでくる。

「ひぁう、あ、また、イクっ……あぁ、またぁイクゥうう」

愛がびくびくと腰を痙攣させると、その刺激に夫人も断末魔の悲鳴を上げた。

「いやぁあん、あたしも、イッちゃうぅぅ」

夫人が絶頂を極める瞬間、愛の乳首をこりっと噛んだ。

「やぁ、あぁ、あああぁあぁん、はぁあぁっ」

愛は全身で強くイキんで、エクスタシーに飛ぶ。

「ねえちゃん、出す、出すぞっ——」

達也がびくびくと腰を震わせ、愛の子宮口にスペルマをぶちまける。

ふうっと愛の意識が遠のき、淫界の闇に吸いこまれていった——。

第三章　カメラの中の痴態

「妻夫木《つまぶき》監督、お久しぶりです……！」

玄関に出迎えた愛は、懐かしさに胸がいっぱいになって言葉に詰まった。

撮影スタッフを引き連れて現れた妻夫木健児《けんじ》は、三十年前に比べるとずいぶんと生え際が後退し、でっぷり贅肉が付いていた。

削げた頰と鋭い目つきが印象的で、「映画界の風雲児」と呼ばれたあの頃とは別人のようだ。

「あいちゃん、ほんとに久しぶりだねぇ。きれいになっちゃって、すっかりいいとこの奥様じゃない」

しかし張りのあるどら声は昔のままで、愛は子役時代、さんざん妻夫木に怒鳴られたことを思い出し、思わず顔がほころぶ。

「とにかく皆様、お上がりになって」

愛は広いリビングに一同を案内する。調度品を売り払ってしまいがらんとしたリビングだが、今日のために愛はできるだけ見栄えの良いように掃除をした。

啓介が、「妻夫木監督って覚えているだろ？　あの人がさ、お前とまた仕事がしたいって言ってるんだ」と切り出したのは、先週のことだった。

「あいちゃん、今度僕は『あの人は今』ってドキュメンタリー風映画を撮ることになったんだけど、昔のよしみで君に出演を頼めないかな」

思いもかけない妻夫木からの申し出に、愛は心が躍るのを感じた。

「私なんかでいいんですか？」

「かつての国民的子役のあいちゃんが、今や成熟した人妻。すごく受けると思うんだ」

愛の胸は高鳴った。再びカメラの前に立てると思うと、それだけで背筋がしゃんとする思いだった。

妻夫木監督には、子役時代何本ものテレビドラマや映画を撮ってもらった。賞を取った作品もある。あの頃、愛も妻夫木監督も絶頂期だった。愛が芸能界を去ってしばらくすると、妻夫木の仕事は下降線をたどり、手がけた作品数も激減していった。最近では新作を発表したという話も聞かない。

しかし、今ここでタッグを組めば、愛も再浮上するチャンスかもしれない。


「へえ、さすがに広いねぇ、いいんじゃない」

妻夫木はリビングを見回しながらしきりにうなずき、スタッフたちに合図する。

スタッフはカメラ、照明の二人のみだ。

「じゃ、あいちゃんはそこのソファに座って」

「あ、あの、監督……」

愛はすでにカメラが回り始めているのに気がつき、慌てた。

「私、今日は打ち合わせのつもりで……メイクもきちんとしてないし……」

妻夫木が太い指を目の前で振って言う。

「いいの、いいの。ドキュメンタリー風なんだから、あいちゃんの普段の姿でいいんだ」

「で、でも……」

「うるせえ！　とっとと座れ！」

妻夫木の怒声が高い天井にうわぁんと反響した。愛はびくりと首をすくめ、ぺたんとソファに座りこむ。昔もこの大声で幾度となく演技指導をされたせいか、思わず身体が動いてしまう。

「そうそう、大人しく僕の言う通りにしてればいいの」

妻夫木が声色を柔らかくする。

カメラが愛の足元から次第に上に、舐めるように撮っていく。

「もう少し脚を見せて」

愛は何かが違うと思いつつも、そっとスカートを引き上げる。

「こ、こうですか？」

すらりとした白い生脚が剝き出しになる。

「そうそう。じゃ、上着も脱いで」

「上着を？」

「かた苦しいじゃないか」

愛は仕方なく、ツーピースの上着を脱ぐ。光沢のある白いブラウスの、盛り上がった胸元をカメラがズームにする。

愛はどういう表情をしていいか分からず、怯えたようにカメラのレンズを見つめた。

「うーん、いいねぇ。色っぽいねぇ」

妻夫木はカメラマンの後ろに腕を組んで立ち、感嘆したような声を出す。

「それじゃ、全部脱ごうか」

愛は驚いて、妻夫木に非難するような視線を向けた。

「どういうこと、ですか？」

妻夫木は顔色一つ変えない。

「あのさぁもう子役じゃないんだから、ヌードになるくらいの心意気出してよ」

愛の身体が怒りに震える。思わず立ち上がって声を荒らげる。

「そんな話、聞いてないわ！」

「馬鹿やろう！」

妻夫木は、再びびりびり鼓膜が震えるくらいの大音声を上げる。

「金が必要なんだろ？　旦那に聞いてるぜ。俺もなんだよ！　黙って裸になれよ！」

愛は頭を殴られたようなショックを受ける。

「監督、あなた……！」

ふいに妻夫木の声が低い猫なで声になる。

「なあ、お互い様じゃないか。未だに、あいちゃんのコアなファンて多いんだ。あいちゃんの裸を見たいってマニアが、いっぱいいるんだよ。あいちゃんのそういうシーンがあれば、これ売れるよぉ」

頭が真っ白になり、身体からみるみる力が抜けていく。

「売れる」という言葉は、危ない媚薬のように愛の心を蕩けさせた。

「裸になれば……いいのね？　それだけでいいんですね？」

「そうそう、ハリウッド女優のイメージビデオみたいに、きれーに撮ってあげるからさぁ」

妻夫木は物分かりの良さそうな声色になる。このアメとムチの声色の使いが、昔から妻夫木の得意技だった。

大音声で一喝して相手を震え上がらせ、次の瞬間、媚を含んだ優しい口調になる。こんなふうに扱われると、子どもだった愛は、妻夫木の言いなりになってしまったものだ。

愛は覚悟を決めて、ゆっくりブラウスのボタンを外し始める。

カメラは、一枚一枚薄皮を剝くように脱いでいく愛の様子を追う。

カメラを向けられライトを浴びているうちに、次第に愛の中にかつての売れっ子時代の高揚感が甦ってきた。

(ああ、私、今、撮られてるんだ……)

全裸になった愛は、すっくりとカメラの前に立つ。ルノアールの描く絵の美女のような、豊穣な美しさに満ちた白い裸体だ。妻夫木がほおっと息を呑む。

「いいねぇ、きれいだねぇ」

次の瞬間、妻夫木の声にドスがかかる。

「じゃあ、そこでオナニーしてみよう!」

愛の全身がショックと恥辱でかっと熱くなった。

「聞こえなかったのか? オナニーしろって言ったんだよ!」

妻夫木の声が尻上がりに大きくなる。愛は羞恥で頬を紅潮させながら、必死に訴える。

「そ、そんなこと……できません! 脱ぐだけでいいと……」

「馬鹿やろう! 役者根性を見せろ! オナニーしたことないなんて言わせないよ」

妻夫木が太い腕を振り回してがなった。愛は視線を泳がせて、全裸のまま立ち尽くす。妻夫木は、ふいにおもねるような優しい声を出した。

「あいちゃん、カメラが回っているんだぞ」

愛ははっとして、自分に向けられているカメラを見据えた。

(ああ、これって本番なんだわ)

愛の中に、かつて子役だった頃の気持ちが甦ってくる。

どんなに辛くても体調が悪くても、カメラが回っていれば、相手の求める演技をするのがプロだ。そういう考えが、いつの間にかしみついていた。

怒りで熱くなった全身が、すうっと柔らかく溶けていく。愛はそばのテーブルに生尻をもたせかけて、ゆっくりと両脚を開いた。まだかすかに残る恥辱にわななきつつ、ほっそりした指で自らに淫らな愛撫を始める。

「あ……あ、あん……」

両手でたわわな乳房をすくい上げるようにして、ゆさゆさと揉みしだく。緊張と興奮でつんと紅く尖った乳首を摘んで、指の腹で転がすように擦り上げる。

じわりと快感が下腹部に生まれ、体温が上がり、全身が甘く蕩けていく。

「あふん……はあんん」

青白かった肌が、みるみる火照ってピンク色に染まり艶かしい。鼻先から甘い吐息がひっきりなしにこぼれだす。

媚肉がひりひり飢えてきて、自然と乳房を這い回っていた片手が股間に降りて、黒々とした茂みの中をまさぐりだした。

「あうんっ」

指先でぬるつく蜜口を撫で回すと、心地よさに腰が浮き、上体をのけぞらして悩ましく喘ぐ。

形のよい二重まぶたをきゅっと閉じ、自らが生み出す快感に酔っていく。

「あ、ぁ、あふうん、んん……」

喘ぎ声がどんどん昂ぶる。淫襞にそってゆっくり上下に動いていた指が、膨れたクリトリスを探り当て、指の腹で円を描くようにぬるぬる撫で回すと、痺れるほどの愉悦が迫り上げ、ヨガリ声が熱を帯びてきた。

「うくぅ……あ、あ、感じるぅう」

愛の妖艶なオナニー姿に、しばし呆然としたように見とれていた妻夫木は、我に返ったように大声をかけてくる。

「いいぞ、あいちゃん、その調子、もっとカメラに自分をアピールして!」

「あ、ああん、いやぁん……」

　愛は股間に接近してくるカメラのレンズに気がつき、恥辱で身悶えしながらも、テーブルに座りこむようにして、さらに股間を広げてみせる。ぬらぬらと卑猥に濡れ光る淫裂が、ぱっくりと開ききって丸見えになった。

　そのひくつく深紅色の肉襞の中心に、白魚のような指を深々と突き入れ、ぐちゅぐちゅと激しく掻き回した。

「は、はぁん、ああ、気持ちいい……ああ、気持ちいいわぁ……」

　愛は白い喉を反らして、うっとりと告げる。愛液が弾けるにちゅぴちゃという淫猥な音が、広いリビングに響き渡った。

「おういいぞ、おいカメラ、もっとアップだ。あいちゃんのお○んこのアップだ！」

　妻夫木は興奮したように唾を飛び散らせながら、カメラマンに指示を出す。カメラのレンズがぐぐっと愛の股間をズームにする。

（ああ撮られている。私の恥ずかしいアソコが丸見えで、撮られているんだ……）

　愛は悦楽でぼんやりした頭でカメラを意識する。すると子宮がきゅんきゅんと痛いほど甘く疼き、どろりとした淫液がいくらでも溢れてくるのだ。

「あ、ああ、あはぅぅん」

今、自分が主役なのだと思うと身も心も陶酔していく。

「あいちゃん、感じるのか？　お○んこ、いいのか？」

「あ、ああ……お、お○んこ、感じるぅ、気持ちいいぃ」

ついに愛は両手を使って、秘肉をいたぶり始めた。

左右の手を深々と股間に沈ませて、ひりつく充血した柔肉を抉るように攪拌する。

異様な陶酔が全身を犯していき、身体中が燃え上がるようだ。

「はああ、いいっ、ああ、気持ちいいのぉ、ああ、ああああん、ふうん」

左右に突っ張った真っ白い太腿が、快感を極めてぶるぶると震える。きついアクメが襲うたび、きゅっと股をすぼめて、愛は喜悦をかみ締めた。

さらさらした黒髪がざんばらに振り乱れ、豊かな乳房がぶるんぶるんと左右に揺れる。

「いいぞ、あいちゃん、すごくいやらしいよ。すごくきれいだよ」

妻夫木は悩ましい愛の表情を見つめながら、いつしか自分もズボンの上から股間をまさぐっている。オナニーに耽る恍惚とした自分の表情は、壮絶なほど淫猥なのだろうと、ぼんやり愛は思う。

「ああ、愛くるしい子役だったあいちゃんが、こんなにスケベな人妻になっちゃって。ファンは泣いて悦ぶよ」

「あ、ああ、監督、ねぇ、あい、イキそうよぉ、ああ……イッていい？」

愛はぞくりとするような濡れた瞳で、カメラのレンズを見据えながら言う。

「よし、あいちゃん、派手にイッてみせるんだ。見せ場だぞ！」

妻夫木は、カメラマンに馬乗りになりそうな勢いで身を乗りだす。

「あぅうぅ、イクぅ、ああイクぅう、あい、いっちゃうぅうう～」

真珠のような歯並びをこぼれさせて、愛は裸身をくねらせながら絶頂を極めた。

エクスタシーのさなかでも、頭の端ではカメラの位置をしっかり意識している。

(見て、いやらしい私を見て！　ああ、私のすべてを撮って欲しいの！)

愛はかつて経験したことのない、倒錯した悦びに打ち震えて果てた。

「よーし！　最高のシーン、いただきました、あいちゃん！　よかったよ！」

妻夫木は広い額を真っ赤に染めて、興奮した面持ちで両手を打ち合わせた。

まだ絶頂の余韻が覚めやらぬ愛を横目に、妻夫木が照明担当の男に声をかけた。

「おい、お前からいけ！」

ひょろりとした照明係の男は、妻夫木の言葉にうなずくと、スタンドにライトを固定するや、さっさと服を脱ぎだした。

「!?」

快感の余韻にぼんやりしていた愛は、無言で近づく男の気配にはっと目を見開いた。

すでにむき出しの男の股間が顔面に迫っていた。そのペニスは、貧相な身体に不釣り合いなくらい巨大で、黒光りし猛々しく勃起している。

「あ……か、監督……?」

愛は男の真意をはかりかねて、救いを求めるように、カメラの向こうにいる妻夫木に視線を泳がせた。

「あいちゃん、そいつ、シロート童貞なんだよ。このさい、面倒みてやってよ」

妻夫木はしれっと言った。

「な、じょ、冗談じゃ……！　あ、うぐうぅ」

身をかわすより一瞬早く、男が愛の髪を乱暴に鷲摑みにし、剛棒を愛の紅唇に強引にねじ込んできた。いきなり喉奥まで突き入れられ、愛は窒息しそうになる。

「う、うぐぅ、あぁぐぅうふぅううう」

背けようとする愛の顔を、がっちり男は両手で押さえこみ、ぐいぐい腰を突き出してくる。

「ひ……ごふ、あぁ、んんんぅ」

愛は危うくえずきそうになり、眉間に皺を寄せてぎゅっと目を閉じて必死に耐えた。

「いいよ、いいよ、その苦悶の表情、すげぇ色っぽいよ」

妻夫木はうわずった声を出して、カメラマンとともに愛に急接近する。

「ううぐぅ……ああふう……あふぁあ」

男のひくひく震える鈴口から、透明な先走り液が吹きこぼれ、愛の口腔に生臭い味が拡がっていく。嚥下し損ねた唾液が、口の端からだらしなくこぼれ出す。

「んっ、んぅ、ふ……はぁ……」

ぬるつく亀頭がぐりぐりと感じやすい舌の上を擦り付けると、ひどく猥雑な気持ちが湧き上がり、抵抗する気持ちが萎えていく。

「んんぅ、は、はぁん……んぅんん、あぁん」

極太の肉竿で何度も口腔内をしごかれているうちに、愛の全身に被虐の悦びが拡がっていく。オナニーで刺激しまくった柔肉が、じんじんと痛いほどに疼く。

愛はいつの間にか、太い血管の浮き出た剛棒に、自ら紅い舌を押しつけ舐りだしていた。

「あふぁうん、はあうんん、ふむううん」

愛は悩ましい吐息を漏らしつつ、唾液まみれになった肉幹にむしゃぶりつく。自らの手を相手の肉茎の根元に添え、陰嚢を片手であやしつつ、裏筋に強く舌を押し当てて前後に滑らせた。

愛のフェラチオのテクニックに、男の剛直はびくんと口中でさらに膨れ上がり、愛は紅唇を顎が痛むほどに開いて受け入れた。

その妖艶なフェラチオ姿を、カメラが容赦なくズームにしていく。

「おお、そこらの三流AV女優なんて目じゃないねぇ、この迫力！」

妻夫木は感極まったのか、むんずとカメラマンからカメラを奪い取り、自分で構えながらわめく。

「おい、山田《やまだ》、お前も参加しろ！」

「は、はいっ」

すでに欲情しきっていたらしい山田と呼ばれたカメラマンは、弾かれたように立ち上がり、がばっとズボンを引き下ろした。そして、がちがちに勃ちきったペニスを握って、カメラマンが愛に近寄ってきた。

「う……うぁあ？」

照明係の極太の肉竿をほおばっている愛の横顔に、もう一本硬いペニスがぐいっと突きつけられる。

「あいちゃん、両方しゃぶるんだ！」

妻夫木はカメラをのぞきながらダミ声で叫ぶ。

「いやぁ……そんなぁ、いやよぉ……ああ、んふぅうう」

そう言いながらも、愛は美貌を真っ赤に火照らせながら、咥えていたペニスをぬるりと吐き出すと、それをほっそりした指であやしながら、今度は新たに差し出されたペニスに舌を這わせ始めた。

「はぁふううん、ふああああん」

凛《りん》とした眉をたわめ、慎ましやかな口元を唾液でべとべとにさせて、愛は左右代わる代わるに、汚辱の口腔奉仕にのめり込む。

「おい、お前らうっとりしてんじゃねぇ、あいちゃんにお返しせんか！」

妻夫木の怒声に、男たちは弾かれたように、てんでに愛の裸体に手を伸ばしてきた。一人はたわわな乳房をねちっこく揉みほぐし、もう一人は肉付きのよい下腹部を乱暴にまさぐる。

「ん、んふん、んんっ、ふぁあんんっ」

愛は身悶えして甘い鼻息を漏らす。その艶美な表情を、妻夫木はレンズが愛の顔に触れそうなほどの近距離で撮り続ける。

カメラを意識すると、愛の全身に甘美な興奮がこみ上げてくる。

なにもかもさらけだして、カメラの前に主役として立っているという意識が、狂おしいまでに淫らに欲情の火に油を注ぐのだ。

「んっ、ふぁん、ああ……ああ、いやぁん」

秘部が燃えさかり、どろどろに蕩けきって、膣腔がきゅうきゅうと物欲しげな収斂《しゅうれん》を繰り返す。もはや愛の情欲は、堪え難い苦痛さえ伴ってきた。

「う、うう、ああ、ねぇ、ねぇえ」

愛は両手で双方のペニスをしごきながら、艶かしい表情で男たちを見上げる。

「お、お願い……もう……い、挿れてぇ……」

すかさず妻夫木が恫喝する。

「あいちゃん、もっともっといやらしくおねだりしなきゃ、とどめを刺してやんないぞ！」

「ああ……はい……」

愛は甘美なすすり泣きを漏らしながら、今度はカメラを見据えて、震える声で懇願する。

「お願いです……あいのお○んこに、お○んちん、ハメてください、お願い、早くぅ」

妻夫木がびしっと男たちに指を突きつけた。

「ようし、お前ら、好きにしろ！」

おあずけを食らっていた男たちが、わっと愛にのしかかった。

「待てまて、柴崎《しばざき》、お前からだ、山田は上の口を塞げ」

妻夫木の指令に、柴崎と呼ばれたさきほどの照明係の男が、愛を床に押し倒して両脚を大きく開かせる。真っ赤に充血してひくひく卑猥にうごめく淫襞がむき出しになる。そのひくつく中心部に、男の傘の開いたカリ先が押し当てられた。

「ああっ、ああん」

肉唇を軽く突かれただけで、愛は膀胱がきゅんとするほどの甘い快感にうめく。

柴崎が一気に腰を沈めてずぶりと貫いてきた。

「はっ、はあああっ」

脳天まで届くような刺激に、愛は仰け反って喘いだ。その汗ばんだ美貌をまたいだ山田が、唾液と先走り液でぬらつく肉棒を深々と唇に押し入れてくる。

「あぐぅん、んっ、んんっ、んあああぅ」

膣肉を荒々しく抉られながら、口腔からぬちゃぬちゃと太竿を出し入れされる淫猥な姿が、余すところなく妻夫木のカメラに収められていく。

「おおう、すげぇ、あいちゃんが３Ｐしてるよ、ああすげえいやらしいよ」

妻夫木の裏返った声が、悦楽に溶けきった愛の脳裏にかすかに響いた。

「ひうっ、んっ、んはううぅ」

柴崎の乱暴な抽挿に、大振りの乳房をぶるぶる振るわせながら、愛は甘く鼻を鳴らす。童貞だと言っていた彼の腰使いは、ひたすらがむしゃらで、それがかえって新鮮な衝動となり、愛の膣襞は歓喜しながら男根にむしゃぶりつく。

愛は感じ入った切ないすすり泣きを漏らす一方で、山田の肉塊を喉奥まで咥えこんでいく。形のいい唇をきゅっと窄め、血管の浮き出た肉胴を締め付ける。

「うお！　いいぞ、あいちゃん！」

妻夫木は血走った目をぎらつかせて、愛の痴態を余すところなく撮り続けた。

真っ紅に腫れ上がった肉洞から、愛液でぬら光る淫棒がずぶずぶと抜き差しされる様子がズームにされる。

「あ、うう、いやぁん、やめてぇ、そこ、いやぁ」

カメラがどこを狙っているか感づいた愛は、ペニスに舌を這わせながら、とぎれとぎれに懇願する。

「最高傑作だ、最高だよ、あいちゃん！」

妻夫木が甲高い声で繰り返す。とたんに、愛の全身に、じーんと痺れるような甘い喜悦が満ちた。

かつて、カメラの前で妻夫木にそう賞賛されることが、愛の喜びだった。売れっ子子役だった時代の、あの高揚感が甦ってくる。

「ふぁうん、あ……い、いい……っ」

きめ細かな白い肌をねっとりピンク色に染めながら、愛は切なげに身悶える。いつの間にか腰が大きく円を描いて、貫いてくる男の動きに同調している。その度に肉壷がきゅっと収縮して、剛棒をきつく締め上げてしまう。

「う……お、か、監督ぅ、締まるぅ、すげぇ、俺、もう、だめです……っ」

柴崎が、情けない声を上げて身を震わせる。

「ぼ、僕もです、もう出る、でる……っ」

濃厚なフェラチオをされていた山田も、追いつめられたのか顔を真っ赤にしている。

「おう、出せ！　思い切り、あいちゃんのきれいなお顔にぶちまけてやれ！」

妻夫木がテンションマックスで叫ぶ。

男二人はほぼ同時に、上下の穴からずるりと肉棒を引き抜くと、前後から愛の顔に馬乗りになった。そのまま、自らの怒張を扱きながら、熱い精の塊をどどっと放出した。

「あ……あ、あ……ん」

白濁した大量の精液が、愛の美貌をどろどろに汚していく。

「う、うう……きれいだ、ああ、きれいだ」

レンズをのぞいている妻夫木は、興奮で禿げた頭頂まで真っ赤に血を昇らせ、うわ言のように繰り返していたが、ふいにカメラを床に置くと、さっとズボンをずり下げた。

「おいっ、柴崎、山田、いつまでそうしてるんだ！　終わったんなら俺と交代だ！　カメラ、カメラっ」

精を絞り出し、ぼんやり立ち尽くしてた男二人は、びくっと我に返った顔になり、あわてて愛の顔から飛び退いた。彼らは全裸のまま本来の仕事に戻った。

「ああ、あいちゃん、可愛いよ、ああ」

たるんだ生白い尻をむき出しにして、妻夫木が横たわっている愛に近づいてくる。端正な顔をとろんと潤ませて荒い息を継いでいた愛は、妻夫木ののしかかる気配に、はっと目を見開いた。

「あ？　いやっ、監督、それだけは……！」

かつて尊敬していた監督が、これほど人が変わってしまったことに愛は打ち拉《ひし》がれた。

「旦那のＯＫはもらってるんだよ」

愛が身をかわすより先に、妻夫木はほっそりした愛の手首をつかんで組み敷いてしまう。

「うう、こんなにおっぱい大きくして……」

妻夫木は酔ったような顔で、ゆさゆさ弾む豊穣な双乳にむしゃぶりつく。無精髭がざらりと柔肌に当たり、淫らな刺激に愛の体は勝手にぞくぞく震えてしまう。

「あうっ、あっ、あっ」

尖った乳首を口に含まれて舌で転がされると、愛はたまらず甘い喘ぎ声を漏らした。妻夫木はねっとりした舌使いで、愛の乳嘴を舐り回し、酒にでも酔ったような声を出す。

「僕はねぇ、妄想の中で、何度アイドル時代のあいちゃんを犯したことか——」

妻夫木のおぞましい告白に、愛は我が耳を疑った。

「か、監督……？」

「でも、今なら……」

妻夫木はぱんぱんに充血しきったペニスを片手で扱きながら、誘うようにぱくぱく開口を繰り返している肉唇の中心に、ぐっと狙いを定める。

「はうっ、ああっ」

濡れそぼつ粘膜に一気に押し入られ、愛は弓なりに仰け反った。

妻夫木のペニスは、長さはそれほどでもないが太さと硬さがあり、疼き上がった濡れ襞を巻き込むようにして擦りたててくる。

「おう挿った、挿ったよ、あいちゃん。とうとう僕のものに……！」

妻夫木は感に堪えないといった面持ちで、猛々しく肉棒を打ち付けてくる。

「あっ、あっ、やんっ、あっ、ああう」

肉塊を受け入れるたびに、愛の白い首ががくがく揺れた。

すでに前の男の抽挿で、熱く熟れきっていた媚肉は、たちまち快感に満たされる。形の良い唇がめくれ上がり、悩ましいヨガリ声が漏れだす。

「い、いいいっ、ああ、だめ……気持ちいいっ」

愛がうわずった声でそう告げると、妻夫木は自身も悦楽に酔いしれた顔で、妖艶な彼女の表情をじっくり鑑賞してくる。

「いいのか？　ここかい？　ここがいいのか？」

愛の反応を確かめるように、膣腔を縦横無尽に突き上げてきた。

「はぁっ、そこよぉ、ああそこ、あ、そこ、もっと……ぉ」

太い肉幹が、感じやすい箇所をぐりぐりと擦り立て、気持ちよさに腰が浮き上がってくる。

愛は被虐の悦びに翻弄され、淫らに悶え泣く。交合している相手が、かつて尊敬し、好きとか嫌いとかいう男女の感情はなかった監督であることも、もはやどうでもよくなっていた。

「おい、お前ら、クライマックスだぞ！　しっかり撮れ！」

妻夫木は腰を叩き付けながら、スタッフたちを叱咤する。

「あ、ああ……監督ぅ、あい、感じちゃう、すごく気持ちいいのぉ」

愛は、すっかり子役時代の舌足らずな口調に戻り、甘えたように濡れた瞳で妻夫木を見つめる。

「そうか、いいか？　いいのか？　いい子だ」

妻夫木は赤らんだ顔を寄せ、甘い香りのする愛の唇を、きつく吸い上げ、舌で口腔内を舐ってきた。

「あふぁうん、ふぅんんん」

愛も嬉しそうに鼻を鳴らしながら、自ら舌を絡ませる。ほどなく、強烈な絶頂が迫ってきた。

「あ、あっ、いいっ、ああいいっ、ああいいのぉ、あい、またイッちゃううううう～」

両手を妻夫木の太い首に回して抱き寄せ、すらりとした両足を彼の肉厚の尻に絡ませ、さらに結合を深くした。

「おう、あいちゃん、締まる――いい子だ、たくさんイクがいい」

妻夫木はがくがくと腰を小刻みに打ち付け、愛を追い詰める。

「いやぁあん、イクぅ、あぁ、イクゥうううっ」

愛は舌足らずのヨガリ声を上げながら、汚辱のエクスタシーをむさぼった。

息を詰めて全身でイキむと、うねる膣襞の中で妻夫木のペニスが熱く弾けた。

快感に蠢く愛の媚襞に、ぬるぬると白濁のエキスがことごとく呑み込まれていく──。


──その日も、愛は小さなビジネスホテルの一室で、息をひそめるようにして引き籠っていた。

妻夫木監督による『人妻アイドル〜どすけべあいちゃん〜』のDVDが発売されて、ひと月が経っていた。

それは、当初妻夫木が言っていたようなドキュメンタリー風な映画などではなく、AVレーベル発売の、愛が複数の男たちと淫らに交わるシーンがメインの、かなりどぎつい作品になっていた。

AVとしてはヒットしたものの、愛にはわずかばかりの出演料しか支払われず、それも全て夫の借金の返済に回された。

そのスキャンダラスな映像に、マスコミも世間も騒然となった。

『おちぶれた子役の末路！』

『国民的アイドルの爛れた性の遍歴！』

『堕ちた清純派！』

などと、扇情的な雑誌記事やネットの書き込みが、これでもかと愛の私生活を暴きたてた。愛の家の周囲を昼夜問わずマスコミが張り付き外出もままならず、耐えきれなくなった啓介は、

「当分は電話での連絡にしよう」

と、そそくさと一人で姿をくらませてしまった。

（あの人のために、この身もなにもかも投げ出したのに……）

あまりに薄情な夫の仕打ちに、愛は絶望に打ちひしがれ、抜け殻のようになって生きる気力を失ってしまった。

ぴっちりとカーテンを引いた暗いホテルの部屋で、愛はすることもなく、真っ昼間からぼんやりとテレビを眺めていた。

啓介に何度も連絡したが、

「必要があればこっちから連絡するから」

と、けんもほろろな返事だった。

夫に見捨てられた絶望感で、すっかり無気力になっていた。

奥様向けバラエティ番組で、芸能ニュースが流れる。

『女優池上《いけがみ》なな子さん、日本アカデミー主演賞三年連続獲得！』

そのテロップとともに、記念トロフィーと豪華な花束を抱えた、艶やかなボブヘアの中年女優のアップが映し出される。

うつろな愛の目に、かすかに生気が戻る。

（——ななちゃん？　あの、ななちゃんなの？）

食い入るように画面に見入っていると、ふいに、ベッドの上のスマートフォンがぶるんと振動した。メールが着信したのだ。

スキャンダル以来、電話にもメールにも出ないようにしている。どこから番号を入手したのか、ほとんどがハイエナのように群がるマスコミからか見知らぬ者からのイタ電ばかりだからだ。留守電もメールも来たはしから削除している。

今も愛はスマホを取り上げて、着信メールを削除しようとした。と、うっかり操作を間違え、メールが開いてしまった。

『池上なな子です』

件名を見て、愛ははっと息を呑む。あわててメールを読んだ。

『ご無沙汰してます。あいちゃん。知り合いの記者からメアドを教えてもらいました。いろいろ大変でしたね。どこかのホテルに隠れ住んでいるって聞いたの。よろしければ、私の家に身を寄せませんか？　昔のお友だちとして歓迎します』

「ななちゃん……」

愛は思いやりある文面に胸がじんと揺すぶられ、思わず涙ぐんだ。池上なな子は、愛が売れっ子だった当時の同期だ。

目鼻立ちのはっきりした美少女の愛とは違い、なな子はどちらかというと目の細い鼻の低い愛嬌のある容姿で、演技力で人気があった。

対照的な容姿の二人は、よく共演させられた。たいていは愛が主人公で、なな子はその親友とかライバルの役どころが多かった。演技力のない愛は、なな子によく相談をし、なな子は快く指導してくれた。同い年だったこともあり、一時期は私生活でも、双子のようにつるんでいた。

やがて愛は芸能生活に行き詰まって引退したが、なな子は子役から成人しても役者として生き残った。もともと容姿で人気を得ていたわけではなかったので、成長してもファンが離れるということはなかったのだ。

なな子は年ごとに持ち前の演技力に磨きをかけ、今や演技派女優の名を欲しいままにしている。

そのなな子が、愛に救いの手を差し伸べてくれたのだ。

(ななちゃん、ありがとう)

夜目にまぎれてホテルを脱け出し、愛はタクシーでなな子の元まで乗り付けた。スカイツリーにほど近い場所にある、高級高層マンションだ。広いロビーにコンシェルジュまでいる。受付に声をかけると、個人用エレベーターに案内された。最上階の全フロアが、なな子の住まいであるという。

久しぶりの親友との再会に、愛の胸は高鳴った。

高速エレベーターで最上階に到着する。音もなくエレベーターの扉が開く。一歩踏み出すともう、部屋の中だ。ふかふかの絨毯に足を取られながら、愛はおずおずと豪華な部屋の中を見回す。

三百六十度スカイビューになっている窓から、宝石を散りばめたような夜景と、ライトアップされたスカイツリーの姿が美しい。その窓際に、黒い人影が見える。

「ななちゃん、あいです。来たわ……」

声をかけると、その人影がゆっくり動いた。

「あいちゃん？　あいちゃんなの？」

なな子の声がする。愛は懐かしさに胸がいっぱいになって、近寄ろうとして、ぎくりと足を止めた。

全裸の男女が結合して立っていたのだ。巨漢の黒人男のたくましい後ろ姿がこちらに向き、いわゆる駅弁スタイルで繋がっている白い女体——。

「な、ななちゃん……?」

愛の語尾が震えた。

黒人にしがみついていた女が、ゆっくり顔を向ける。確かにテレビで見た池上なな子その人だ。

かつては腫れぼったい一重まぶたの地味な顔が、今は整形でも施したのかくっきり二重の派手な顔立ちに変化している。しかし、左目の下にある丸い泣きぼくろだけは、あの頃のままだ。

「ようこそ、待ってたわ、あいちゃん」

なな子は、黒人男の律動で乱れる声を出しながら、愛に微笑んでみせる。

客人をセックスしながら迎えるというなな子の異常な行為に、愛は声もなく立ちすくんだ。

「どうしたのよ、久しぶりじゃない。もっとこっちに来てよ」

なな子が熱い息を吐きながら言う。

「わ、私、お、お邪魔だと……」

なな子の気持ちをはかりかねて、消え入りそうな声で少し後ずさりする。

「なに言ってんのよ、大歓迎よ。妻夫木監督の最新作、観たわよ。あんたもセックス、大好きなんですってね？」

なな子が黒人の耳元でなにかささやくと、男は女を抱えたままゆっくり愛の方へ歩み寄ってきた。立ちすくんでいる愛の真横に、結合した男女が立つ。

「あらあ、やっぱり美人ねぇ。少しは生活疲れでもあれば、こっちも同情できるのに。相変わらず、憎たらしい子ね！」

なな子の声にひやりとするものを感じて、ふいに愛はここに来たことを後悔した。

「わ、私、やっぱり帰るわ……」

「逃げられないわよ。ずっとあんたに復讐したかったんだから」

なな子の表情が、夜叉のように恐ろしげに歪んだ。

第四章　ライバルの卑猥な罠

「え？」

愛は思いもかけないなな子の言葉に、耳を疑った。

黒人男に抱きかかえられたまま、なな子はぎらつく目で愛をひたと睨みつけている。

「子役時代、あんたと私が陰でなんて呼ばれていたか、知ってる？」

役者の現場で鍛えたよく通る声で、なな子が言う。愛はヘビににらまれたカエルのように身動き一つできず、首だけかろうじて横に振る。

「し、知らないわ……」

「『お姫さま』と『おたふく』よ！」

なな子の声量が一段と上がる。

「役決めの会議じゃ『主人公はお姫さまだな』『じゃ、この敵役の子はおたふくの方で』なんて会話が飛び交ってたのよ！」

なな子の語尾が怒りのためかかすかに震える。

愛はかつてのなな子の、しもぶくれで糸を引いたように細い目の容姿を思い出した。今、整形に整形を重ね、くっきり二重に整った容姿を手に入れたなな子は、その美貌を醜くゆがめてわめき散らす。

「どんなに私が傷ついたか、あんたは知らないでしょう!! ろくに演技もできないくせに、可愛くてきれいなだけでちやほやされたあんたには！ 私がどれだけ悔し泣きしたか、わかるはずもないわね！」

愛は絞り出すように声を出す。

「ななちゃん、気がつかなくて……ほんとうに、許して」

なな子がふいに表情を緩める。

「でも、今の私は違う。私は日本で屈指の名女優。ハリウッドからだってオファーがあるわ」

なな子は満足そうに顎を引いて、黒人の耳元でなにかささやいた。

黒人がうなずいて、抱き上げていたなな子をゆっくりそばのソファに下ろす。

その際、なな子の股間から、ずるりとこん棒のように太いペニスが抜き出された。

愛はその巨大な逸物に、ぎょっと目を見張る。

なな子は豪奢なソファに全裸のままゆったりとくつろぐと、愛ににっこりと笑いかけた。

「このマイケルのペニスはすごいわよぉ。慣れてないと、アソコが壊れちゃうかも」

黒人がこちらに向き直る。

愛はすくんだ足になんとか力をこめて、身を翻《ひるがえ》して部屋を逃げ出そうとした。巨漢に似合わず、マイケルと呼ばれた黒人は素早く動いた。愛は背後から丸太のような腕にがっちり抱きすくめられ、悲鳴を上げる。

「きゃあっ、やめて！」

なな子がくすくす笑う。

「なにいやがってんのよ。あいちゃんだって、今やＡＶ界の売れっ子でしょ？演技はだめでも、セックスはすごいんでしょ？」

愛は黒光りするマイケルの腕の中で、必死でもがく。しかし、はかない抵抗にすぎない。マイケルはそこだけ真っ白い歯をむき出して、にやにや笑いながら愛の服を手早く剝ぎ取っていく。ゆで卵の殻を剝くように、愛はつるりと白い裸体になってしまった。

「な、ななちゃん。昔のことは謝るわ。だから、だからお願い、彼を止めて！」

愛は両手で胸元を隠し、必死で身悶えながら、なな子に懇願した。

なな子は貼り付けたような笑顔をうかべたまま無言だ。

「ナイスボディ！」

マイケルは興奮した荒い鼻息を愛に吹きかけながら、色白の首筋を犬のようにべろべろと舐め回した。そうしながら、グローブのような手で乳房をゆさゆさと揉みしだく。

「ひ、いやぁ、やだぁ！」

愛は恐怖に泣き叫びながら身をよじる。その様子をじっとながめていたなな子は、おもむろに身を起こした。

「往生際が悪いわねぇ。せっかくご招待したんだから、楽しくやりましょうよ」

なな子はサイドボードに歩み寄り、そこに散乱していた白い錠剤をいくつかつまみ上げ、ぽいと自分の口に放りこんだ。水差しから水を汲むと、ひとくち口に含み、そのまま愛に近づく。マイケルの腕の中でもがく愛に顔を寄せ、唇に自分の唇を強く重ねた。

「う……？　ぐぅ、ううう……」

口移しで注ぎこまれたものを、愛は思わずごくりと嚥下してしまった。すっとなな子の顔が離れる。

「な、なに？　ななちゃん、今、なにを飲ませたの!?」

なな子が薄笑いを浮かべる。

「気持ちよくなる魔法のおクスリよ」

「!!」

愛の美貌がみるみる蒼白になる。なな子が優しげに言う。

「大丈夫、女性版バイアグラみたいなものだから」

「や、ななちゃん、やだ、ああ……」

ぐうっと胃の腑が熱くなったかと思うと、愛の身体から高速で力が抜けていく。身体中の血が滾《たぎ》り、下腹部がかっかと火照り、黒い瞳がとろんと潤んでくる。

「あ、ああ……やだ、なんか熱い……」

愛の全身にあっという間に妖しい疼きが広がっていく。頭の芯が強い酒を飲んだように霞み、恐怖心や羞恥心が消え去っていくのだ。

「ほうら、いい感じになってきた」

なな子はやるせない溜め息を漏らし始めた愛を見て、満足そうにうなずく。青白かった愛の頰に、ピンク色に血の気が戻り、耳朶《みみたぶ》までどくどく熱く脈動を打ち始める。

「ああ、あぁん、やだぁ、変よぉ、私、なんかへんなのぉ……」

たくましいマイケルの腕の中で、愛はくたくたと崩れ折れた。その華奢で柔らかい身体を、マイケルが軽々と抱き上げる。

「そこの窓ぎわがいいわ、マイケル、最高の眺めよ」

なな子は、スカイビューラウンジバーになっている部屋の一角を指差す。

マイケルは抱き上げた愛を、カウンターバーのテーブルの上にゆっくりと下ろした。愛はテーブルの上にぐんなりとへたり込む。

東京の夜景を背後に、艶かしい愛の裸体がくっきり白く浮かび上がった。

「さあマイケル、たっぷりかわいがってやんなさい」

なな子の声が冷酷に響いた。

マイケルのごつい手が、むっちりした愛の太股をゆっくり押し広げていく。

「あ……ああ、やあ……」

愛は火照った顔を左右に弱々しく振る。そのたびに、光沢のある長い髪がふわりふわりと翻り、同時にたわわな白桃のような乳房がぶるぶる震える。しかし、それ以上の抵抗ができない。

全身が熱っぽくけだるく、頭の中にぼうっと霧がかかったようだ。それでいて、下腹部だけはじんじんと痛いほどに甘く欲情していく。

「オウ、ビューテイフルナ、プッシーデス」

大きく開脚させた股間に顔を寄せて、マイケルが興奮した声を出す。男のふいごのようにせわしなく熱い息が恥毛をそよがせると、それだけでぞくりとするような快美感が愛の背中に走る。

「う、うう……ななちゃん、身体が熱いのぉ、助けて……」

愛は切羽詰まった声で、ソファにくつろいでこちらを見ているなな子に懇願する。なな子は上等なシャンパンの入ったグラスを傾けながら、酷薄に笑うのみだ。

ふいにマイケルの太い指が、愛の股間に触れてきた。

「ひっ——」

軽く陰毛を撫で上げられただけで、雷に打たれたような甘い疼きが子宮に走る。なな子が我が意を得たりとばかりに、うれしそうにうなずく。

「びんびんに感じるでしょ？　ハリウッドセレブも使っているっていう素敵な催淫薬よ。今までのセックスなんて子どものオアソビだって思えるわよぉ」

それからなな子は、鼻息の荒いマイケルにぴしりと言う。

「マイケル、あせっちゃだめよ、じっくり責めるの、夜は長いんだから」

「イエス、マダム」

むくつけき巨体の黒人は、なな子の命令に子どものように素直にうなずく。彼は身体を起こすと、愛の白い双乳を両手でわしづかみにして、ゆっくりと揉みしだき始めた。

「あ……、あ、あ、あん」

愛の唇から、我知らず甘い吐息がこぼれでる。マイケルの愛撫は巧みで、たんねんに乳丘を揉みほぐしたかと思うと、指先で尖った乳首をこりこりと転がしたりする。いつもより、もっとビンビンに乳首は勃起し、愛撫を受けるたびに、びりびりと子宮の奥に熱い疼きが走る。

業火に灼かれるような情欲への渇望に、愛の裸身が切なげにくねりだす。

「ああ……やだ……どうしよう……ああ、身体がぁ……」

喘ぎ声が次第に鼻にかかってくる。乳房への刺激がダイレクトに子宮に響き、日なたに置いたアイスクリームのように、淫肉がとろとろに溶けていく。おびただしい量の愛液が肉腔から漏れだして、カウンターに淫らな水たまりを作る。

「あ、ああ熱い……熱い……熱くてたまんない……」

愛は媚薬でぼうっとうつろになった顔で、狂おしげに何度もつぶやく。襞肉がひとりでに物欲しげにひくひくする。全身がだるくて、腕も上がらないが、もし動かせるのならもう恥も外聞もなく、乳房も秘肉も、思い切り自分の手で弄くり回したかった。

「ふふ、マイケル、あいちゃんはすっかり出来上がっちゃったみたいよ。ちょっとプッシー舐めてあげなさいよ」

マイケルはその言葉を待っていたかのように、愛の細い膝をさらにぐっと押し開いて、大きな頭を突っこんだ。分厚い唇から犬のように長い舌が伸ばされ、濡れ光る淫裂をべろりとひと舐めした。

「ひぅっ、ひぎぃいいっ」

その刺激だけで愛は白目を剝いた。全身に高圧電流が走ったような、すさまじい快感だった。

「グッド！」

マイケルは嬉しそうに鼻を鳴らすと、今度は本格的クンニリングスに入る。べちゃべちゃと淫猥な音を立てて、爛れきった柔肉をしゃぶっていく。

「う、ううっ、はぁうう、ああ、やだぁ、痺れるぅ、ああやぁああん」

愛は内腿をぶるぶる震わせながら、あられもない声で悶え泣きした。信じられない悦楽だった。全身が性器になったような感覚だ。

「ウフゥ、ウウ、ウウフゥウウ」

マイケルは獣のようにうなりながら、夢中で粘膜に吸い付いている。

濡れ襞の一枚一枚を丹念に舐めしゃぶり、溢れる愛液をちゅうちゅう啜り上げ、包皮から頭をもたげて脈打っているクリトリスを口に含んでは、舌先でころころ転がす。

「はぁ、あ、やぁ、あ、い、いいっ……あぁ、だめぇ」

多彩なマイケルの口による愛撫に、愛は感じ切って息も絶え絶えで喘いだ。

いつの間にかなな子が立ち上がって、カウンターのすぐそばまでやってきていた。

好奇と酷薄が入り交じったような表情で、ぱっくり開いた愛の真紅の淫裂を、マイケルが夢中で舐め回す様子を見つめている。

なな子の目がぎらぎら光り、狂気じみてくる。

「ふふ、ふふふ、綺麗な顔しててもお○んこはやっぱり嫌らしい形してんのね。ふふ、けっこうドドメ色だし。ずいぶん、咥えこんでるみたいねぇ」

あざ笑うなな子の声に、愛は屈辱で真っ赤になりながら、しかし被虐の快感に耐えきれず、しきりに甘え泣きを漏らす。

「いやぁ、言わないで……あん……あっ、あっ、はあっ、あああぁ」

すでにマイケルの舌で、軽いアクメに何度も達していた。

クリトリスがぱんぱんに充血して、そこを舌でこそぐように舐められると、あっという間に頂点に達してしまうのだ。しかし、それはあくまで第一段階のアクメであって、行っては戻り行っては戻りの繰り返しだ。

まるで快感という名の、拷問のようだった。

「ああもうやめてぇ、苦しいのぉ、こんなのいやぁ、おかしくなっちゃぅうう」

愛は裸身を小刻みに震わせながら、涙目でなな子に哀願した。

なな子は手にしていたグラスをぐっとあおると、濡れた唇を手でぬぐって勝ち誇った声で言う。

「どうしたいの？　あいちゃん？」

「あ……あぁ……」

愛は白い額に玉のような汗を浮かべ、はあはあと肩で息をしながら、ひたとなな子を見つめる。

「こ、こんなのいやぁ、もうだめよぉ、どうにかして……！　お願いぃ！」

「そんな下手くそな言い方じゃ、だめ！」

なな子が意地悪く笑う。

愛はじんじん痺れきった子宮の疼きに耐えきれず、ついに汚辱のセリフを口にする。

「お……お願いぃ……い、挿れて……」

なな子は唇が触れそうなほど愛の頬に顔を近づけ、甘い酒の匂いのする息を吹きかける。

「だめだめ、感情がこもってない。相変わらず大根役者ねぇ。こう言うのよ」

なな子が耳元でそっとセリフをささやく。愛の頬にかっと血が上った。

「う、ううっ……そんな……ぁ」

いやいやと首を振って抗うと、なな子はマイケルになにか英語で命令した。

マイケルが愛の股間から顔を上げる。それと入れ替わりに、なな子は愛の秘裂を、綺麗にマニュキュアが施された指でそろりと撫であげ、爆発しそうに膨れたクリトリスを軽くぴんと弾いた。

「ひいっ、あああああっ」

それだけで愛は白目を剝いて悶えた。びりびり感電したような、激痛にも似た快感がクリトリスから何度も弾け飛び、全身を狂おしく燃え上がらせる。

「ほうら、言わないといつまでもこのままよぉ」

なな子は嬉しくてたまらないという表情で、何度も愛のクリトリスを指先で弾き、爛れきった秘唇をくちゅりと軽くこね回す。

どろりと大量の淫液があふれて、なな子の手をびしょびしょに汚した。

「ひぎぃい、あくぅううう……」

愛はぶるぶる太股を震わせながら、あられもない声で悶え泣いた。イキそうでイケない悦楽地獄の苦しみに、愛は理性が完全に吹っ飛んでしまう。

「あ、ああ、ああ、お、お、お○んこ、してぇ……」

ついに愛は、なな子に吹き込まれた屈辱のセリフを、か細い声でつぶやいた。

なな子が勝ち誇ったように笑う。

「なあに？　聞こえない。そんな小さい声じゃ、舞台じゃ通用しないのよぉ」

愛は恨みがましい目でなな子を睨みながらも、腰をねだるように突き出し、叫んだ。

「お○んこしてぇ！　お○んこしてください！　お○んこに入れてぇ、ぐちゃぐちゃに掻き回してぇ、お願い、お○んこしてくださいぃ！」

なな子が腹を抱えて哄笑した。

「あははは、そうよぉ、よくできたわ、やればできるじゃない！」

まだひくひくと身体を震わせて笑いながら、なな子が顔を寄せ、愛の唇を塞ぐ。

なな子の柔らかな唇の感触と香り高いルージュの匂いに、頭が情欲で真っ白になった愛は、夢中でかぶりついた。

「あん……あはぁん……むうう」

なな子のぬるついた舌が、待ってましたとばかりに愛の舌に絡みつき、吸い上げてくる。

脳芯が甘くじんと痺れ、愛も相手の舌を貪った。

「んっ、んんん……んはぁう」

二人は互いの背中に腕を回し、ふくよかな乳房を押し付け合って、ぬるぬると舌を擦り合わせた。

「んんぅ、ふ、あ、美味しい……あぁん……」

なな子の唾液は、男性のそれとは違い、サラサラでかすかに甘い味がし、愛は一心不乱に啜り上げた。

女同士の淫らな熱い口づけを、マイケルはよだれを垂れ流さんばかりの表情で、食い入るように見つめている。

「ギブミー」

マイケルの巨体に似合わない子犬のようなおねだりに、なな子はちゅっと音を立てて口唇を外すと、優しげに彼に微笑みかけた。

「うふ、ソーリー。さ、マイケル、あいちゃんを好きなだけ可愛がってあげなさいな」

マイケルは待ってましたとばかり、なな子と入れ違いに愛に襲いかかった。

強化窓ガラスに愛の裸体を押し付け、こん棒のように太いペニスの先端を、愛の熟れた花弁に押し当てた。

「はぁっ、あああっ」

膨れた先端が蜜口に押し当たっただけで、軽く達してしまい、愛は狂ったように髪を振り乱して悶える。どろどろに溶けきった肉腔の中心を、マイケルの剛棒がずんと荒々しく貫いた。

「ひぃい、ひぃいいいいいっ」

いきなり激しいアクメに襲われて、愛は唇の端からよだれを垂らしながら悶絶する。

「オウ」

マイケルも興奮でかすれたうめき声を上げ、ぐりぐりと柔肉を削り貫いた。

「あ、きゃあ、ああ、いやぁ、大きぃ、いやぁ、だめぇ、だめよぉお」

経験したことのない巨大ペニスの感触に、愛はにわかに苦痛を訴える。根元に行くほどに太さを増す硬竿の侵入は、股間から身体がまっぷたつに引き裂かれるような錯覚に陥る。

「い、痛い、痛ぁい、こ、壊れちゃう、いやぁ、壊れちゃうぅううう」

愛は涙をぼろぼろこぼしながら泣きわめく。

「大丈夫、だいじょうぶ。痛いのがいつの間にか、ものすごく良くなってくるんだからぁ」

なな子は再びにソファにくつろいで、グラスに酒を注ぎ足してゆっくりとこちらを鑑賞している。

「あひぃ、助けてぇ、ああ、あああぁ」

愛の狂乱にかまわず、マイケルが深々と貫いたまま、ゆっくりと腰を動かし始める。

ざっくりと割れた真っ赤な淫裂から、マイケルの真っ黒でおぞましい太さの肉棒が抜き刺しを繰り返す。マイケルがたくましい尻を引くたびに大量の淫蜜が掻き出され、禍々しい黒い凶器が、ぬらぬらと妖しく光っている。

「姦られてるぅ、ああ、すごい、あいちゃんが私の目の前で姦られてるぅ」

なな子は狂気にかられたような目つきで、なん杯もグラスを重ねながら、黒人に貫かれて悶絶している愛の姿を凝視している。

マイケルは腰を大きくグラインドさせながら、快感の雄叫びを上げている。

「ううっ、うう、ああ、はあぁ……あああ、ふぁん」

何度も爛れた粘膜を擦り上げられているうちに、愛の号泣に甘い溜め息が混じり始める。

「あらあら、もうよくなってきたみたい。さすがに、淫乱ねぇ」

なな子があきれた声を出す。

「あ……ああ、ううあああぁあ」

かつてのライバルの眼前で、黒人の巨根に深々と貫かれて悶絶している姿をさらす屈辱感。

愛の目尻から、つーっと涙がこぼれ落ちる。あまりの苦痛と恥辱の極致。いっそ死んでしまいたいほどだ。

しかし、マイケルのすさまじい屹立でひりつく粘膜を何度も擦り上げられているうちに、嫌悪は圧倒的な快美感に取って代わられた。

根元まで巨根に串刺しにされると、太いカリ首が喉元まで貫くような錯覚に陥った。

「あう……ああうぅ、はああぅうう、くうぅ……」

愛はほっそりした白い腕を、マイケルの黒光りするたくましい背中に回し、夢中でしがみついていた。淫襞全体がマグマのようにどろどろに蕩けきり、ずきっずきっと鋭い灼熱の疼きが子宮全体から沸き上がる。

全身を喜悦がマッハの勢いで駆け抜けていく。

「ああう、いやあぁ、ああすごい、ああすごいわぁ、あああ、すごおいいぃい」

愛はたまらず、髪をざんばらに振り乱して、激しくヨガり悶えた。媚薬に狂わされた爛れた粘膜が、特大級のマイケルのペニスに貪欲に絡みついて、さらなる悦楽を搾り取ろうとする。

「オオウ」

強者のマイケルが、快感に大声でうめく。

「ああ、すごいぃ。あいちゃんのお○んこ、ぱっくり開いてぐちゃぐちゃ。やらしぃ、すっごくいやらしい。ああ、私興奮しちゃうわぁ」

なな子は気持ちがたかぶってきたのか、いつの間にか自分で自分の乳房や股間をまさぐり始めている。

マイケルは熱い息を愛の顔面に吹きかけながら、軽々と女の身体を持ち上げ、繋がったまま立ち上がった。

「あ、やぁん、怖い、ああ怖い、いやぁあ」

駅弁スタイルで、ペニスと男の腕だけで宙づり状態にされた愛は、悦楽と恐怖のはざまで甘い悲鳴を上げ続ける。

マイケルは引き締まった腰を落とすようにして、下から上へがんがんと容赦なく突き上げてくる。媚薬で混濁している身には、まるで長大な男根が子宮を突き破り、内臓を貫き、頭のてっぺんから飛び出してくるような強烈な刺激だった。

「ひっ、ひああっ、こ、壊れちゃう、ああ、やぁあ」

ぐらぐらと揺さぶられながら、愛はとぎれとぎれに悲鳴を上げる。もう快感か苦痛かもわからなくなり、意識が飛んで脳裏が真っ白になっていく。

「うふ、あいちゃん、きれいよぉ。そんなにいやらしいのに、なんでそんなにきれいなのぉお」

自身も媚薬をあおったのか、なな子は酩酊したようなうっとりした目つきでこちらを見つめながら、己が股間を激しく掻き回す。

綺麗に恥毛をカットしたなな子の秘部が、真っ赤に腫れ上がりとろとろと粘っこい愛液を滴らせている。

「マイケル、見せて、あんたの特大のコックが刺さってるあいちゃんのプッシーを、もっとよく見せて！」

マイケルはゆっくりスカイラウンジのカウンターにたくましい尻を下ろすと、ひょいと愛の体位を反対向きに入れ替えた。

「ひぅう、くぁあっ」

深々と突き刺されたままぐるりと膣腔を掻き回され、愛は甲高い嬌声を上げる。

マイケルは柔らかな両太股を抱え上げて大きく開脚させ、なな子に向けて陰部を丸見えにした。

「あああっ、いやぁあん」

愛はピンク色に上気した裸身をくねらせて、はかない抵抗をした。

「うう、すてきぃ、真っ赤なお○んこが丸見えよぉ。マイケルの真っ黒なち○ぽがぐっさり刺さってて、すんごくエッチ。あいちゃん、すてきぃ」

なな子は、二人の結合部分を観賞しながら、自分も床に腰を落として、対面で股間を大きく広げる。

「ね、私のも見て。あなたと同じくらい、お○んこはきれいでしょ？」

なな子は、両指で濡れそぼった花弁を押し広げて、腰を突き出して愛に見せつける。

愛より幾分小ぶりな大陰唇が大きく広げられ、濡れ光る膣襞と真珠粒のようなクリトリスまで丸見えになった。

「や……やぁん、ななちゃん、そんなぁ……」

愛はいやいやと首を振りながらも、なな子の充血した鮮紅の淫裂に目が釘付けになる。

（ああ……なんていやらしい……私のアソコも、あんなにぐちょぐちょになって……）

新たな疼きがきゅーんと子宮に走る。肉腔の奥から、熱い愛蜜がどっと溢れてくるのが自分でわかる。

「カモン！」

マイケルが極太のペニスの先端を、ずるりと引き摺りだすと、再び愛の柔肉の狭間に押し当ててきた。狙いをすまし、抱え上げた愛の身体を徐々に沈めていく。

「ううっ、うあああああっ」

愛は猥りがましい悲鳴をあげて、びくびくと背中を痙攣させた。

すりこぎのような肉塊が、ずぶずぶと愛の体内に呑みこまれ、消えていく。

「あああ、すごい、すごいわ、挿っていくわ、どんどん挿って……」

なな子は、自分の柔襞に深々と潜りこませた片手を、マイケルの律動に合わせてくちゃくちゃと動かす。

根元まで巨根を突き入れたマイケルは、腰の律動を開始した。

「ひっ、ひっ、ひぃい、ひいいいぃ」

溶けきった媚肉に、どすどすと怒張が突き刺さる。対面立位のときとまた違う性感帯を刺激され、愛は悲鳴を上げて身悶える。

「あぁもう、許してぇ、やめてぇ、そこだめぇ、し、死んじゃう、ああ、死んじゃう……もうやめてぇ」

繰り返し襲ってくるエクスタシーの洪水に、呼吸困難になりそうで、必死に懇願する。

「だめよ、マイケル、死ぬまでやっちゃいなさい。ああ、あいちゃん、すてきよぉ、最高のエロい女優さんじゃない」

なな子は淫欲に爛れきった二人の情交を目の前に、狂ったようにオナニーを続ける。

愛の淫肉は、無惨に真っ赤に腫れ上がり、その中心部から見え隠れするマイケルの黒棒は、ねばねばした淫汁でねっとりと濡れ光り、壮絶な様を呈している。

その凄惨な結合部を凝視しながら、なな子は片手で整形でシリコン入りにしたらしい巨大な乳房を揉みしだき、片手で熟れた秘唇をぐちゃぐちゃに捏ねくり回す。

「ああ、またイクぅ、またイッちゃぅぅう」

愛が断末魔の悲鳴を上げた。

「も……ゆ、許してぇ、ああ……許してぇ……し、死ぬぅ、死んじゃうぅ」

目もくらむような絶頂の波状攻撃に、愛は息も絶え絶えで懇願した。

マイケルの巨棒でひと突きされるたびに、脳芯まで粉々にされそうな快感が駆け巡る。膣内は激しい交合でひりひりに爛れきって、もはや悦楽も苦痛に近い。頭が空っぽになり、下腹部全体が灼熱の溶岩のようにどろどろと崩れて、下肢が流れていってしまいそうな錯覚に陥る。

「ああ……ああ、あふぁ……あああああ、ひ、ひ……っ」

もはやまともな言葉を発することもできず、ただマイケルにぐらぐらと揺すぶられるままに喘ぎ続けている。

「あいちゃん……すてき……きれいよ……」

なな子はオナニーに耽りながら、取り憑かれたような目で愛の狂態を見つめ続ける。

「オオウアイムカミング！」

超人的な持続力で愛を責め続けていたマイケルが、ついに根を上げる。

「いいわ、マイケル、出しちゃいなさいな、思いっきりあいちゃんの中に！　さあさあ！」

なな子が口から泡を飛ばさんばかりの勢いでわめく。

「あ……やぁん……出さないでぇ……お願いよぉ……」

肉腔の中で、マイケルの淫棒がひときわぐんと膨らんだのを感じた愛は、弱々しく首を振ってはかない抵抗をする。しかし、マイケルはがっちり愛を抱えこんだまま、ひときわ深々と巨根を突き入れると、チョコレート色に光るたくましい腰をぶるぶると震わせ始めた。

「ウオッ」

獣のように咆哮しながら、マイケルが愛の中へ激しく欲望をぶちまけた。

「ひああ、あああああやだぁ、ああああ～」

秘奥が爆発せんばかりに大量のスペルマを放出させられ、愛の被虐の狂乱がさらに高まる。

「ウウフウウウ」

マイケルが小刻みに呻きながら、びくびくと何度も爆発を繰り返す。信じられないほどの長い射精だった。

「あ、熱い、ああ、熱い熱い……」

膣腔をくまなくぬるぬるに汚されて、意識が暗い淫界にすうっと堕ちていくのを感じた。

「ね、ねぇ、見せて、ああ見せて、マイケル、早くぅ」

なな子は至近距離まで顔を寄せて、マイケルに催促する。欲望を出し切ったマイケルが、ゆっくり腰を引く。ずるりと巨大な逸物が柔肉から引き抜かれる。

まだ大きくぽっかりと開いたままの紅い肉腔の奥から、ぼたぼたと白濁した精液が流れ落ちてきた。後から後から、大量の濁液が愛の股間から床に滴り落ちる。

それはまるで白い滝の流れのようだ。

「うう、すごいわ、ああ犯《や》られちゃったのね。すっかり犯られちゃったのねぇ」

なな子が異様に興奮して、甲高い声で繰り返した。

ふいになな子は身を翻すと、部屋の隅の中世ヨーロッパ調の白い箪笥《たんす》の一番下の引き出しを開けて、引っかきまわした。

なにやら毒々しいピンク色の物体を取り出す。なな子はその物体を胸に抱えて、紅潮した顔で振り返る。

「あいちゃん、今度は私と繋がって！　あいちゃんとひとつになりたいのぉ」

桃源郷でもうろうとしていた愛は、その声にふっと正気に返った。なな子が近づいてくるにつれ、取り出したモノがなにかはっきりした。

巨大なレズビアン用のバイブレーターだ。

左右両方にシリコン製の張り型がしつらえてあって、スイッチの付いた電動製だ。

愛はなな子が手にしているバイブレーターを認識して、ぎょっと身をすくめた。

「なにそれ……？　ななちゃん、本気？」

なな子は、熱に浮かされたような目つきで近づいてくる。

「本気よ──だって、だって私、ずっとずっと、子役時代からあいちゃんのこと好きだったんだもん。私のライバルであり、あこがれの可愛いきれいなあいちゃんに……」

愛は恐怖で背筋がぞくっとした。全身の力を振り絞って、逃れようとする。

「マイケル、逃がすんじゃないわよ！　ベッドルームに連れていくのよ！」

なな子がぴしりと言うと、マイケルがおどろくべき怪力で愛の身体を羽交い締めにした。

「オーケー」

「いやよ！　いやよ！　それだけは、いやぁ！」

身悶えして抵抗する愛の身体を、マイケルは軽々と隣室へ運んだ。

その部屋は、中世ペルシャ風の豪奢なしつらえで、部屋の中央には錦糸で縫いとられた真っ赤な天蓋付きのダブルベッドがでんと鎮座している。愛を運ぶマイケルの後ろから、なな子が踊るような足取りで入ってくる。

「ああ、夢がかなうわ。とうとう私の夢がかなうのよぉ」

なな子は、一足先にひょいとベッドに飛び乗ると、クッションの効いた大きな枕に背中をもたせかけ、両脚を大きく開いた。

「さ、来て。あいちゃん、ここに来て」

「いや、いやぁ、ああ……」

泣きじゃくる愛の身体を、マイケルが強引にベッドに押し上げ、細い両手を後ろで交差するようにつかんで拘束した。

「ノー」

まるで子どもに言い聞かせるように、マイケルが声をかけながら、愛の頭をぐいっとなな子の股間に寄せる。なな子の長い爪が伸びてきて、涙でぐしゃぐしゃの愛の顔を上向かせる。

「すてきよ、あいちゃん。その泣き顔、ぞくぞくしちゃう」

新たな魔淫地獄が待ち受ける予感に、愛は気が遠くなりそうだった。

「またあいちゃんと共演できるなんて……」

なな子は手入れの行き届いたすべすべした足を大きく開いたまま、陶酔しきった表情を浮かべた。

「でも、今回ばかりは私が主役よ」

突如、なな子の目がきらりと冷酷に光る。

「さ、あいちゃん、私のココ、舐めて」

愛はマイケルに後ろ手に押さえこまれたまま、呆然としてばっくり開いたなな子の陰部を見つめた。すでに媚薬と数えきれないくらいのエクスタシーのせいで、思考能力は皆無に近い。それでも、かつての格下の子役だったなな子にクンニリングスを強制されるのは、屈辱以外の何ものでもなかった。

「や……だめ、ムリよ……こんなこと、できない……」

愛は首を振りながらか細い声で抵抗する。しかしマイケルの丸太のように太い腕が頭をがっちり拘束して、ぐいぐいとなな子の股間に押しこんでくる。

「あ、ううぷ……ふうぅう……！」

愛は渾身の力を込めて頭を振り立てたが、やすやすとなな子の性器に顔を押しつけられてしまった。

なな子の股間は、雌のフェロモン臭で熱く蒸れている。その甘酸っぱい匂いで鼻腔をいっぱいにされた愛は、理性が完全に吹き飛んだ。

ついに観念した愛は、おずおずとなな子の淫らな肉の合わせ目に向けて、舌を差し出す。

「あ……んん……っ」

舌先でそろりと淫裂を撫で上げると、なな子が甘い呻き声を上げて仰け反った。

すでになな子の肉層は、愛の姿を見ながらのオナニーのせいでどろどろに蕩けている。愛の口腔内に、なな子の粘っこく甘酸っぱい淫液がどっと流れこんできた。

「んく……うふぅうん……」

濃厚な蜜汁の味に刺激され、愛は次第にクンニリングスにのめりこんでいく。後から後から溢れてくる愛液を舌の腹で受けて、淫らに開いた膣襞に擦りつけるようにして、ぴちゃぴちゃと音を立てて舐めあげる。

「はあっ、ああ……あいちゃん、ああ、熱い、あいちゃんのおしゃぶり、熱いわぁ」

なな子は尻上がりに喘ぎ声をたかぶらせて、うっとりとオーラルセックスの快感を味わっている。

「くちゅ……ぴちゃ……ふぅぅんん」

卑猥な水音を立てて、愛はなな子の秘唇をしゃぶり続ける。

蜜口の浅瀬だけではなく、捩れた膣襞の奥まで舌を深々と差し入れ、くちゅくちゅと掻き回すようにうごめかす。なな子の淫腔が吐き出す生臭い淫汁は、まるで催淫薬のように愛の下腹部に、じくじくした甘い疼きを生み出した。

「あぁふぅう……ああ、ああ、美味しい、ななちゃんのお○んこ、美味しいわ……」

なな子の感じ入った声がするたびに、愛は背徳的な高揚感に全身が甘美に満たされていくのを感じた。

「んん、ぴちゃ……んふぅ、くちゅ……」

愛は粘液と自分の唾液で顔中をべとべとに汚しながら、次第にクンニリングスに耽溺した。

「ああん、ああ、気持ちいいわ、ああ、あいちゃん、そこ、そこ、いいっ」

なな子は、豊満な乳房をぶるぶる震わせながら息を乱して喘ぐ。

「んちゅ、んちゅう……ちゅばっ、あふぁん」

なな子の粘膜からは、蛇口の緩んだ水道のように、淫臭を放つ蜜液がどんどん溢れてきて、愛はそれを夢中で啜る。

「オオゥ」

愛を背後から取り押さえているマイケルが、女同士の淫猥な絡みに興奮を押さえきれず声を上げる。

「あくぅん、ちゅっちゅっ……ちゅばっ、んちゅっ、はぁうん……」

愛は自身も軽いアクメを感じて、オーラルに耽りながら豊かな腰をくねらせる。めくれかえったなな子の襞肉の奥まで、舌先を窄めて差し入れ、熱っぽい抽挿を繰り返す。

「ああぉうん、あ、あふん、いやぁん、だめぇ、ああ、あいちゃん……」

なな子は悩ましい吐息を漏らしながら、太腿を小刻みに震わせて悦楽を貪っていたが、ふいに腰を引いた。

「あ……ん、ななちゃん」

愛が顔を上げて、不満げに鼻を鳴らした。

「うふん、だってぇ、あたしだけ気持ちよくなっちゃ、つまんないもの」

なな子は上気した顔をにやりと歪ませた。彼女は、傍らに置いてあった巨大なレズビアン用のバイブレーターに手を伸ばす。

愛ははっと息を呑んだ。

「ね、これで、一緒に……」

マイケルが待っていたとばかり愛の身体を引き起こし、白い太腿を抱えて左右に大きく開脚させた。なな子は、バイブレーターの片方の疑似ペニスの先を、ゆっくり愛の股間に近づける。

「あ、ああ、いやぁ、いやよ！」

愛はこれから我が身に起こる事態に気付き、身を捩って悲鳴を上げた。

なな子への淫らな口唇奉仕に興奮したせいで、すでに鮮やかなサーモンピンクに染まってぬらついている愛の秘腔に、ぬるりと極太のバイブレーターの先端が突き入れられた。

「ひ、ひあ、ひああああああぁ」

ひやりとしたシリコンの感触とともに、長大なバイブレーターがずずっと押し入ってくる。強烈な刺激と膨満感に、愛は悲鳴を上げた。

「ほうら入る入る、すごい、大きいのが全部入っちゃう」

なな子は興奮でうわずった声を上げながら、巨大なバイブレーターを深々と愛の肉層に埋めこんだ。

「ひぐぅ、ああ、やだ、ああ、壊れちゃう、ああ……」

グロテスクなバイブレーターを股間からはみ出せたまま、愛はずきんずきんと湧き上がってくる甘い快美感に悶えた。

「大丈夫、すぐに気持ちよくなるわ、ね、私も一緒に……」

なな子は開脚したまま愛ににじり寄り、バイブレーターの片方の切っ先をおもむろに自分の肉門に押し当てる。そのまま彼女は、自ら腰を突き出してバイブレーターを柔襞の中心にずぶずぶと呑み込んでいく。

「はあっ、あ、あ、入る、ああ入るわ、ああああっ」

なな子が陶酔した表情を浮かべて、引き攣った呻き声を漏らした。

「ひっ、ひいいいっっ」

なな子が腰を沈めてバイブレーターを呑み込んでいくたび、反対側を挿入されている愛の秘腔がぐりぐりと激しく刺激され、火照った肌が総毛立つ。

「ふぅーっ——ああ、ほら私も根元まで入っちゃった。あいちゃんと、ぴったり繋がったわ」

なな子がうっとりした目つきで熱い吐息を漏らした。

お互いバイブレーターで深々と貫かれ、陰部が擦れ合いそうなほど密着している。

「ああ、ああ、うれしい、ああ……」

なな子は酩酊したような表情で、ゆっくりと腰を前後に揺すぶり始めた。

「あううっ、ああ、だめっ、動かないで……やぁ、あっ、ああっ」

なな子が腰を蠢かすごとに、極太のバイブレーターが子宮口に届かんばかりに捩じ込こまれる。

「いい感じでしょう？　スイッチを入れると、もっとすごいのよ」

なな子がバイブレーター中央にある小さなスイッチを、指でオンに入れた。

刹那、ぶーんというくぐもった振動音とともに、愛の身体の奥深くに激震が走った。

「あきゃ……いやぁああ、あ、だめ、だめ……っ」

シリコン製のバイブレーターが、細かく震えて膣壁を擦ってくる。それは、人間のペニスでは出せない、複雑な刺激だった。

「あぁ、あ、痺れて……あぁ、こんなの……んんぅ、あ、あぁ」

熟れた媚肉を小刻みに揺さぶられ、次から次に快感が迸り、愛の口唇からひっきりなしに悩ましい喘ぎ声が漏れた。

「ああ気持ちいい、ね、あいちゃんも動いて。二人で気持ちよくなるのよ」

なな子は愛がすっかり感じ入ったと悟ったらしく、自分の腰の抽挿を徐々に早める。

「あ、ああ……こ、こう？」

ふくれあがる悦楽の疼きに遂に負け、愛も自ら腰を前後させ始めた。

お互いの腫れ上がった柔肉から、愛液まみれのグロテスクなバイブレーターが見え隠れする。溢れた淫水が弾けるにちゃにちゃという卑猥な音が、部屋いっぱいに響く。

「あふぁん、ああ、い、いいっ……」

たまらず愛は、甘やかな泣き声を上げて全身を波打たせた。

「いいでしょ、あいちゃん。感じるでしょ、私を」

なな子は繋がったまま上半身を起こして、唇を寄せくる。なな子の唇がねとねとと愛の顔を這い回り、その柔らかな唇を狙ってくる。

「あ、うむぅ、むううぐう」

執拗に何度も唇を擦られているうちに、愛の鼻息が荒くなり口蓋が緩んでピンク色の舌がのぞく。その舌に、なな子の熱い舌がちろちろと絡まる。

「はあっ、ああん、はうんん」

バイブレーターの刺激となな子の舌の感触に、愛の脳天は愉悦に完全に痺れてしまった。

「あ、ああ、な、ななちゃん……」

愛は嬉しげに鼻を鳴らして、自ら唾液に濡れ光る舌を差し出していた。

「あいちゃん、好き、好きだったのよ」

なな子の上半身がより近づき、お互いの尖った乳首がぷるぷると擦れ合う。

その淫らな刺激に、愛の下腹部にますます官能の疼きが広がり、もはや愛は、爛れた快楽の虜になっていた。

「ああん、あん、ななちゃぁん……」

熟女同士は淫猥なすすり泣きを漏らしながら、可能な限り狂おしく裸身を擦れ合わせようとする。バイブレーターのハマった股間は、ぴったり息の合った動きで前後にうごめき、機械の小刻みな振動とともにぐちゃぐちゃと粘膜を抉り続ける。

「はあっ、いい、ああいいっ」

「あんん、はうん、気持ちいいっ」

甘い喜悦に酔いしれた二人は、デュエットのように声を合わせて悶えヨガった。

「グレイト」

傍らで二人の狂態を凝視していたマイケルは、興奮の極みで顔面を赤黒く染めて荒ぶる声を出す。

「うふふうん、マイケルったら、また立派に勃っちゃってぇ。あいちゃんにしゃぶってもらいなさいよ」

なな子は激しく腰をうごめかせて快楽を貪りながら、マイケルに命じる。マイケルはのっそりと立ち上がると、びんびんに復活した真っ黒な怒張を握って、喘いでいる愛の口元に乱暴に押し付けた。

「はぐうう、うむぐううぅ」

愛は甘ったるい涕泣《ていきゅう》を漏らしながら、もはや抵抗もせずマイケルの剛棒を呑み込んでいく。

「んふぅうん、はあうんん」

ごつごつと血管が節くれ立った巨大なペニスが、愛の可憐な口唇に抜き差しされる様はこの上なく淫らで妖艶だ。

「あああ、すてきよあいちゃん、ああきれいよ、ああ興奮しちゃう、ああ感じるぅ」

なな子は狂乱して両手で自分のたわわな乳房をくたくたに揉みしだき、さらにぐいっと腰を沈めた。バイブレーターは完全に二人の肉苑に埋没し、直接性器同士が擦れ合う。

「ううくぅ、ぐうううはぁうううぅう」

バイブレーターの強烈な膣壁へのごり押しと、性器同士の擦れ合いによるクリトリスへの電撃的な悦楽で、愛の意識は倒錯した淫界を彷徨《さまよ》った。

まるでジェットコースターに乗ったように、アクメの頂点を極めては落ち、極めては落ち——が、延々と繰り返される。

「ぐふ……あ、はふぅう、ああ、やあ、もう死ぬ、死んじゃうぅ、ああ、また、イク、あ、またイクウウウゥ」

とうとう愛は辛抱たまらず、マイケルの巨根を吐き出すと四肢をぴーんと突っ張らせてオルガスムスにヨガり狂う。

「や、あ、た、助けて、な、ななちゃん、も、もうダメ、おかしくなる、おかしくなっちゃうう、ゆ、許してぇ」

終わらない快感の連続は、すでに拷問に近い。

愛は白目を剝いて形の良い唇をぽっかり開け、うつろな表情で甘く嗚咽し続ける。口の端からよだれを流しながら悶絶している彼女の壮絶な表情に、なな子は勝ち誇ったように言う。

「分かった？　私の勝ちなのよ。あいちゃんは『子役の女王』なんて言われてたけど、今は私こそ女王様よ。そうでしょ？」

「あ、はあぁ、ああそうよぉ、ななちゃんは女王様よぉ、あなたの勝ちよぉ」

愛は腰をくねくねと悶えさせながら、喘ぎすぎて掠れた声で答える。

なな子は満足げににんまりとする。

「うれしいわ、あいちゃん。大好き。これからもうんと仲良くしましょうね」

言うと同時に、とどめとばかりずんずんと深く腰を突き入れてきた。

「ウォ！」

自分で巨根をシコっていたマイケルが、獣のように咆哮し、愛の顔面めがけてびゅくびゅくと大量の白濁液をぶちまけた。

「うぐぐ……ううぐうぅ……ひぃぃ、いい、ああ、し、死ぬぅうううううう～」

愛は精液でどろどろに汚された美貌を歪め、絶頂を極める。

脳裏にアクメの閃光がきらめき、愛の意識が遠のいていった。

第五章　イケメン俳優の味

「おはようございます」

女優の池上なな子が、颯爽と○○テレビ局のスタジオに現れた。

全身シャネルずくめだ。大物女優の登場に、スタジオ中にさっと緊張の空気が走る。

「おはようございます、池上さん」

「今日はよろしくお願いします」

スタッフたちが、いっせいにぺこぺこと頭を下げる。この日本アカデミー賞女優は、ご機嫌を損ねると撮影途中でもぷいと帰ってしまうことで有名で、皆細心の気遣いで、彼女に接しているのだ。

女王然として控え室に向かうなな子の後ろから、Tシャツにジーンズ姿の一人の女性が、化粧道具や衣装袋を抱えて小走りについていく。

「あれ誰？　新しいマネージャー？」

新人のADが小声で側のスタッフに聞くと、スタッフも声をひそめて言う。

「なな子さんの新しい付き人なんだけど……知ってる？　彼女、『伊藤あい』だぜ」

「え？　もしかして、昔、国民的美少女とか日本一のアイドルとか言われていた、あのスキャンダル女優？」

そのADは改めて、なな子に付き従う女の姿を目で追う。

「そういや、なかなかの美人ですね」

「今や子役時代のライバルの下っ働きだよ。落ちぶれたもんだね」

スタッフは控え室に入る二人を見ながら、感慨深げに溜め息をついた。

狂乱のセックスの後、なな子が給料を払うので愛に付き人にならないか――と提案してきた。

啓介に相談すると、彼は借金返済のために受け入れろと愛に命じたのだ。

「ちょっと、あいちゃん、いつものお水が用意されてないっ」

専用の広い控え室で、なな子がソファにふんぞり返ってわめいている。

「エビ○ンですね、すぐ買ってきます」

愛はあわててドアに向かった。

ドアノブに手をかけようとすると、軽いノックとともに若い男の声がした。

「すみません、池上さんにご挨拶よろしいでしょうか？」

愛がドアを開けると、目の前に長身の美声年が立っている。すらりとした肢体と目元の涼しい小作りな色白の顔の、今風のイケメンだ。

「あ、僕、新倉涼《にいくらりょう》といいます。今度のドラマで、池上さんと共演させていただくことに――」

「あらぁ、涼クン！　入って入ってぇ」

背後から、なな子のいかにも嬉しげな声が響く。新倉は愛に軽く会釈すると、するりと控え室の中に入る。そのさい、かすかに身体が愛に触れ、男の爽やかなデオドラントの香りがした。

「あいちゃん、なにぐずぐずしてんの、お水！」

なな子の怒声に、ぼんやり立っていた愛は、弾かれたように部屋から飛び出した。

行き場の無い愛が、なな子の付き人として使われるようになって半年が経っていた。

なな子の仕事中は、雑用係としてこき使われ、夜は彼女のレズビアンの相手として性奉仕する。かつて日本一のアイドルと謳われた愛は、今や身も心も堕ちるところまで堕ちていた。


テレビ局の廊下の自販機で水を買って、急ぎ足で控え室に戻りドアを開けた愛は、はっと足を止めた。

ソファの上で、なな子と涼が激しくキスを交わしていたのだ。

「なに見てんの！　ドアの前で、誰も入らないように見張ってて！」

きっと振り向いたなな子が怒鳴る。あわててドアを閉めた。

なな子が新人の男優を食い物にするのは、日常茶飯事だった。

なな子はお気に入りの若手男優を、自分の共演相手に指名することが度々あった。そのために売り出し中の若手俳優は、大物女優のなな子の後ろ盾欲しさに、すすんで身体を投げ出すのだ。

ドアを背中に押し付けて立ち尽くしながら、愛は先ほどの涼のさわやかな香りを思い出していた。

ふいにじくんと下腹部が疼く。この半年というもの、借金のためとはいえ、レズビアン用のバイブレーターでしかセックスしたことがない。なな子は愛を手に入れたことで、マイケルをお払い箱にしてしまったのだ。

男の肉体が無性に恋しい。

愛は廊下を窺い、ひと気の無いことを確認すると、そっとドアを数センチだけ開けた。

「あ……あふぁん……ああん……んん」

くぐもったなな子の喘ぎ声が聞こえてくる。顔を半分だけ押し入れ目を凝らすと、シャネルのスーツをはだけて半裸になったなな子に、涼が下半身を剝き出しにしてのしかかっていた。

涼の引き締まった小麦色の尻が、ゆっくり前後に動いている。

「ああうん……すてきぃ……涼クン、すごおぃい」

なな子は悩ましげな吐息をつきながら、両手を涼の首に回してきつく引き寄せている。

「お、おっぱいもよ……おっぱい吸ってぇ」

涼は言われるまま、なな子の巨乳の谷間に顔を埋め、尖った乳首を口に含む。

「はぁうう、い、いいっ……ああはぁあん」

なな子のヨガリ声がひときわ高まる。

愛は二人の痴態をじっと見つめているうちに、次第に全身が熱く昂ぶってくるのを感じた。

ドアに顔を押し付けたまま、そっとTシャツの上から胸をまさぐる。

(あ……ん)

すでに敏感な乳首が硬く凝っている。片手で胸を揉みながら、もう片方の手をジーンズの股間に潜りこませた。ぴったりした布地の上から、秘裂に沿って指を何度も往復させせる。

(あ、ああ……感じる……あぁ……)

みるみる柔肉が濡れてくるのを感じる。

「ああっ、涼クン、もっと突いて、いいっ」

部屋の中では、なな子が絶頂に向かって一直線に昇りつめようとしている。涼は息を荒らがせながら、腰の律動を倍速させていく。その勢いで、頑丈なソファがぎしぎしと軋んだ。

「あおう、ああ、す、すごいぃ、あ、壊れちゃう、ああ、い、いいぃい」

なな子が首をがくがくさせながら、断末魔の喘ぎ声を上げる。その声にあおられるように、愛は指に力をこめてぐりぐり肉層を擦り上げた。

じんと深い愉悦が下腹部全体に拡がっていく。

（ああいい、感じる、感じちゃう……）

「ひ、くぅ、い、くぅ、イクぅぅうう」

なな子が大きく仰け反って、一瞬硬直した。

と、同時に愛も素早くアクメに駆け上っていった。


池上なな子と新倉涼の新ドラマは、好調な滑り出しだった。

義理の母親と息子との禁断の愛を描いたそのドラマは、主演二人の迫真の演技で、主婦層を中心に爆発的な人気を博した。

なな子は撮影の待ち時間のたびに、涼を控え室に呼びつけてはセックスを楽しんだ。そのつど付き人の愛は、控え室のドアの前で見張り番に立つはめになった。

控え室の奥から漏れ聞こえる二人の喘ぎ声に耳を澄ませながら、愛は密かに股間に手を潜りこませてオナニーに耽った。若々しい涼の裸体が熟女のなな子の秘肉を貫いている姿を想像するだけで、下半身は震えるほど甘く疼いた。

（ああ……男が欲しい……男のペニスが欲しい）

日に日に、愛の中で男とのセックスを要求する飢えが昂まっていった。


その日の撮影は長引いた。

なな子が自分の演技に満足できず、何度も撮り直しを求めたからだ。

完璧主義の大御所のために、撮影は深夜まで続いた。付き人の愛は、一足先に控え室に戻り、なな子のために仮眠ベッドと夜食の用意をしていた。ふいにドアがノックされる。愛がドアを開けると、そこには涼が立っていた。

「あら、なな子さんはまだ第二スタジオで収録中ですよ」

愛がそう告げると、涼は少し青ざめた顔で言う。

「わかっています。だから来たんです」

愛は首を傾けた。涼がやけに思い詰めた顔をしていたからだ。

「あの、菅野さん、少しいいですか？」

「え、ええ、どうぞ」

後ろに下がって涼を通すと、以前嗅いだのと同じデオドラントの香りが鼻をくすぐる。なにかこそばゆい妖しい気持ちになる。

奥のソファに腰をかけた涼は、黙ってうつむいている。愛が紙コップに入れたコーヒーを持って近づく。

「どうしました？　なにか悩みでも？　私で相談に乗れるのなら」

優しく声をかけると、ぱっと涼が顔を上げた。

「もう、いやなんです！　なな子さんと……その──するのは……！」

切羽詰まった表情でまっすぐに見つめられて、愛はいささかどぎまぎしてしまう。

「お気持ちはお察しするけど……私は彼女に雇われている身で……どうしてあげようもないの」

愛の言葉に、涼はさらに語気を強める。

「あなただってなな子さんと──身体の関係を強要されているんでしょう？　聞いてるんだ彼女から──あなたは、なんとも思わないんですか？」

愛は頬にさっと血が昇るのを感じた。羞恥と怒りで身体がかすかに震える。

「そ、それはあなたには関係ないことよ！」

顔を背けて吐き出すように言う。

「いやある！」

突然、涼がすっくと立ち上がり、愛の手を取った。

「あっ――」

愛が手にしていた紙コップのコーヒーが、ばしゃんと床に飛び散る。

「ぼ、僕は……あなたが……愛さんが、好きなんです！」

愛は唐突な告白に、呆然として立ちすくむ。

涼の両手は大きく温かく、愛のほっそりした手を力強く握り締めてくる。その握られた手から、愛の子宮にちくちくした妖しい刺激が走っていく。

「私は……だって――うんと年上で……ただの付き人で」

魅入られたように身動きできない愛を、涼ががばっとかき抱いた。長身の男の胸に強く顔を押し付けられて、デオドラントと混じった汗の匂いにくらくらする。

「僕は年上の女性にしか興味がないんです。でも、それはなな子さんじゃあない――最初に会った時から、愛さんは僕の理想にぴったりの人で……それに、聞いたら、あなたは昔、国民的アイドルだったって……」

「だ、だめよ、いけないわ。なな子さんが……」

愛は涼の腕の中でもがいた。口ではそう言ったものの、内心では猥りがましい欲望が沸き上がっていた。抵抗は弱々しいものになった。

ふいに涼が唇を重ねてきた。

「あ……ん、うぐぅう……」

ちぎれそうなほどきつく舌を吸い上げられ、愛の背中に甘い痺れが走った。

「……んぅ、ん、んんっ」

喉奥まで舌で掻き回され、愛は息が詰まり苦し気に呻いた。涼は顔の位置を素早く変えて、愛の口の中を何度も激しく舐った。

「むぐぅ……あふぅ……はぁうん……」

こんなに情熱的にキスをされたのは久しぶりで、愛は悦楽と酸欠で脳裏が真っ白に染まっていく。

いつしか、愛の舌も積極的に涼のそれに絡み付き、二人は貪るようにお互いの口腔を味わう。若い涼の口腔は、さらさらとして無味無臭で、愛は彼の心地よい舌感触に酔いしれた。

愛が受け入れたと思ったのか、涼の片手がやにわに、愛のTシャツの裾から潜りこみ、たわわな乳房をまさぐった。ぞくりと心地よい感覚が下肢にまで走り、愛はこれ以上行為を続けることに恐怖感を持った。

「んんっ、んんっ、あ、あ、あ、だ、め……」

顔を振り離しキスから逃れて、涼の腕を取り押さえようとした。

「好きだ、愛さん」

一本気なたちらしい涼は、臆することと無くどんどん攻めてくる。

シャツの下でブラジャーを押し上げて、生乳を直接揉みしだき始めた。

しなやかな青年の指が、芯を持って凝り始めた乳首をきゅっと摘み上げ、その度に下肢の中心がどうしようもなく疼いた。

「あ、や、あ、あ、あん、ああ……」

刺激を受けた乳房から、子宮に向けてきゅんきゅんと痛いほどの快感が走る。

「んはぁ……ああん……はぁあん……」

ディープキスで蕩けていた愛の官能に、一気に火が着き、悩ましい吐息口唇から漏れだしてしまう。

愛が反応し始めたと感じたのか、涼は片手でたわわな乳房を交互に揉みしだきながら、愛の白い首筋に舌を這わせて舐め上げた。

「あっ……あっ、やん、あっ、ああん」

耳の後ろが性感帯の愛は、そこを責められてびくりと身を竦める。むず痒い淫らな刺激に、みるみる全身から力が抜けていく。

「好きだ、ああ、好きだよ」

涼は熱に浮かされたように繰り返しつぶやき、愛を抱きかかえたまま、徐々に仮眠用のベッドへ誘導していく。

「ああだめよ、あん、だめったらぁ……」

愛は口ではそう言うものの、パンティの中はすでに恥ずかしいほど濡れている。

（ああ、たまらない——いいわ……いっそこのまま……）

もはや肉体の欲求は限界だった。

「だ……め、あん、だめよぉ」

口では拒みながら、愛は腰をぐりぐりこすりつけて、涼の股間を巧みに刺激する。

「愛さん、ああ、愛さん……」

涼は愛の首筋に舌を這わせながら、簡易ベッドの上に愛の身体を押し倒す。乳房を揉みしだいていた手が、下腹部に移動して、パンティの上から恥丘や秘裂をまさぐる。

子宮がずきんと痛いほど飢えて蠢くのを感じた。

「あ、だめ、あ、ぁ……」

捲れ上がったスカートの奥に涼の手が伸びて、パンティに指がかかる。

「うあ……愛さんのココ、すごく濡れてる」

パンティの秘裂のあたりは、布越しにもすでにぐっしょり濡れそぼっていた。

「やん、あん、あはぁん」

淫裂にそって指で強くこじられると、きゅんきゅんした快感が絶え間なく下腹部を襲う。愛が身を捩るたびに、柔らかな黒髪がぱさぱさとうねり、甘いシャンプーの香りが漂い、それが涼の淫欲をさらにかきたてるようだ。

「ううもう、もうがまんできないよ。愛さん、挿れたい……!」

涼は息を荒がせながら腰を浮かせてジーンズを下着ごとずり下げた。

一瞬目に入った涼の屹立は雄々しく漲り、臍を突かんばかりに激しく反り返っていて、愛の淫欲が一気に燃え上がった。

涼は乱暴に、愛のパンティを引き脱がせた。

「ああっ、だめっ」

愛が本能的に身を引こうとするより早く、涼の勃ちきった剛棒が、開いた花弁の中心部にずぶりと押し入ってきた。

「はうっ、はああっ」

一気に深々と奥底まで貫かれて、愛は仰け反って喘いだ。

涼の硬い若棹のひと突きは、脳芯まで痺れるほどの激烈な快感だったのだ。

「ああ、入った。愛さん、愛さんのお○んこ、熱いよ、ああ、気持ちいいよ」

涼は若茎をくるみこむ熟女の淫襞の感触に、酔いしれたような声で呻く。

「あぁ——あ、あ……」

愛は串刺しにされ、久しぶりの男根挿入の感触に、全身に喜悦がさざ波のように拡がっていくのを感じた。

涼は熱い粘膜の感触を嚙み締めるように、根元まで突き入れた剛棒を、ゆっくりと前後に抜き挿し始める。

「はぁ、あっ、あっ、ああん、はあぅ」

力強い抽送に合わせて、愛の全身ががくがくと揺れる。突かれるたびに、子宮の奥から弾けるように媚悦が噴き出してくる。

(ああ——こんな若々しいすごいお○んちんを、なな子は毎日楽しんでいるのね)

喜悦にむせびながら、頭の片隅でちらりと思った。

にわかに愛の中に、ほの黒い復讐心が生まれてきた。

(なな子から奪ってやろうか、この子を……)

かつて名子役と謳《うた》われた時代に自分の脇役でしかなかったなな子に、今はみじめに下働きでこき使われている。生きるためだとずっと屈辱に耐えてきた愛だが、こうしてなな子の愛人である涼と密かに交わっていると、ふつふつと対抗意識が芽生えてきたのだ。

「ああん、ああ、涼クン、いいわ、ああ、気持ちいいわぁ」

愛は両手を涼のたくましい腰に回し、自分の腰を打ち付けるように引き寄せた。

「ううっ、愛さん、すっげえ、締まる、ああすっげぇ……」

愛は臍の下に力をこめて、きゅっきゅっと膣襞を収縮させた。生きのいい怒張に、愛の柔肉がぴっちりと絡み付き、ぎゅうっと締め上げる。

「涼クンもすごいわぁ、ああ、壊れちゃう、ああ、気持ちいいっ」

愛は少し演技を入れた悩ましい喘ぎ声を上げながら、貪欲に涼の肉茎に喰らい付いた。

すらりとした両脚を涼の背中に絡み付けて結合部をさらに密着させ、自らシャツをまくり上げて、たわわな双乳をぶるんと剝き出しにしてみせる。

「ね、ねぇ、お、おっぱい、おっぱい吸って……」

うっすら汗が光るまぶしい白い乳房に、涼が夢中でむしゃぶりついてくる。

「おおう、柔らかい……ああ、すげぇお餅みてぇだ、ああ……」

豊穣な乳房に顔を埋めて、涼は赤ん坊のようにちゅうちゅう音を立てて吸い付く。ぴんと紅く尖った乳首を口に含み、舌で転がしながら舐る。

痛いほど乳首を吸い上げられると、じんじん痺れた膣襞が歓喜し、さらに収斂を繰り返す。

「ああいい、もっと吸って、ああすごくいい、ああ、いいわ、涼クン……」

愛は艶っぽい声で甘泣きしながら、豊かな腰をくねくねと淫らに振りたてる。

「ううおう、ああ、おおう」

涼は引き締まった肉体を揺さぶりながら、若い獅子の如く吠える。

「はああん、ああん、はああっ」

愛も負けじと、悩ましい嬌声を上げ続ける。

二人は獣のように呻きながら、汗と淫汁にまみれた恥部と恥部をきつく擦り合わせた。

「いい、あぁん、いいわ——」

淫悦に悶えながらも、愛はそれとなく壁の時計をチラ見した。そろそろ、ななこの撮影も終わる時刻だ。

（もう終わらないと——）

愛はぐっと下半身の力を倍加させて、爛れきった柔肉でぎゅーっと涼の肉棹を締め上げてやった。

「あっ、あっ、そ、そんなに締めちゃ、僕、だめ、イッちゃうよぉ」

涼が端正な顔に似合わない、情けない声を上げる。

「いいのよ、涼クン、イッていいの、ああ、ちょうだい、いっぱい愛にちょうだい！」

愛は涼の背中に両手を回して強くしがみつき、めいっぱい膣襞を絞り上げた。

「おおっ、うっ、うお、おおおお……！」

涼が感極まったような雄叫びを上げながら、びくびくと腰を震わせた。どくんと、愛の中で涼が激しく弾ける。

「ああう、はああ、私もイク、イクわぁあぁあああん」

愛はそれに合わせて、全身をぴーんと硬直させながらエクスタシーを極めた。

子宮口まで届かんばかりの勢いで、白濁した淫液が次々発射されていく。

「はあああ、熱い、熱いぃ、すごいぃ、すごいわぁあああ」

涼の発射の勢いに、弓なりに反った身体をぐらぐら揺さぶられながら、愛は悦楽にぼんやりかすんだ脳裏で密かに思った。

（絶対、この子を虜《とりこ》にしてみせる……！）


「なな子さん、お疲れさまですー」

収録スタジオにカットの声が響くと、スタジオの隅で待機していた愛は、すぐさま冷えたタオルを持って、なな子の元に駆け寄った。

「いいから、控え室に涼クンが来ているか確認してちょうだい！」

汗を拭こうとした愛の手を払って、彼女が苛立たしげに言う。

「承知いたしました」

愛は馬鹿ていねいに答えると、スタジオの廊下を小走りで、なな子の控え室に向かう。思わず口元にほくそ笑みが浮かびそうになるのを、必死でこらえていた。

そっとドアを開けると、奥の簡易ベッドに座っていた涼が、弾かれたように立ち上がった。

「あ、愛さん！」

待ちくたびれたらしい涼がすぐさま抱きかかえようとするのを、焦らすように押し戻す。

「あん、だめよ、もう少しあおずけ、ね」

甘い声でささやいて、また踵を返してスタジオに入る。次のシーンの撮影を待つなな子が、自分専用の椅子に座りいらいらと爪を噛んでいる。

「まだ涼さん、おいでになってません」

愛が報告すると、

「なによ！　あの子、いつまで待たせる気よ！」

なな子が眉間に皺を寄せた。愛はなだめるように言う。

「最近涼さん、ますます売れっ子ですし、スケジュールが詰まってるんですわ、きっと」

「でももう、三日も来ないじゃない！」

なな子が声を荒らげたとたん、

「シーン32、池上なな子さん、お願いしまーす！」

と、ＡＤの声がかかる。なな子は不機嫌そうなまま立ち上がり、セット内に入って行く。その後ろ姿をながめながら、愛は内心にんまりする。

（このシーンは長丁場だから、当分かかるわね）

そっと撮影の始まったスタジオを脱け出し、控え室に戻った。ドアを細めに開けて身を滑りこませ、後ろ手に鍵をロックする。

「お待たせ、涼クン。ごめんなさいね、忙しいのに」

愛は悩ましげな声で涼に近づくと、素早く来ていたジャージを脱ぎ捨てた。

その下はなんと、黒レースのセクシーランジェリー姿だ。愛は簡易ベッドに腰を下ろしている涼の足元にひざまずくと、潤んだ瞳で見上げた。

涼の端正な顔は、期待と興奮で紅潮している。

「うふ、可愛い。今すぐ気持ちよくしてあげる」

愛は妖艶な笑みを浮かべると、白い指先を涼の股間に伸ばし、さっとジーパンのジッパーを下げる。すでにがちがちに硬く勃ちきった屹立をブリーフから掴み出して、そろそろと顔を寄せる。

「ああ……いつ見てもすごいわぁ、涼クンのお○んちん……」

愛はうっとりと溜め息をつくと、唇をああんと開き、傘の開いたカリ首をすっぽりと包みこんだ。

「あっ……あぁぁ」

涼が下半身をびくりと震わせる。

「んっ、んふっ、んんん、んんふぅん」

愛は甘やかな鼻息を漏らしながら、肉胴を根元まで呑み込んでいく。

「うう、ああ、気持ちいい……」

青年は、早くも切迫した呻き声を漏らし始める。

「あふうん、ふううん、んんぐうん」

愛は弓なりに反った太棹に舌を絡め、唾液をたっぷりまぶしながらフェラチオを開始する。裏筋に舌の腹を押し付けるようにし、唇を窄めてきゅっきゅっと扱き上げるのが、涼の好みのやり方だと熟知している。

熟れた白い双乳を黒いブラジャーからこぼれんばかりに揺らし、紅い舌腹でぺろぺろペニス全体を舐め尽くす自分の姿は、涼からはこの上なくエロチックに見えるだろう。

「うああ、愛さん、すごく上手だよ、なな子さんよりずっといい。たまんないよぉ」

今を時めくイケメン男優が、子どものような声で甘え泣く。

「あふうん、だめよぉ、まだイッちゃだめ」

愛はペニスから顔を上げ、指で扱きながらダメ出しをする。

彼女はゆっくり立ち上がると、するりとパンティを脱ぎ、下半身丸出しのままベッドに上がった。全裸より、わずかに衣服を身に付けている方が、よりエロチックに彼を誘うことができる。

愛はこれまた下半身丸出しの涼を押し倒すようにして、上にのしかかった。

「最後の仕上げは私の中、でしょ？」

いなすように軽く涼の唇にキスをすると、愛は太茎の根元に指を添えてまたがった。濃厚なフェラチオの刺激で欲情し、愛の柔肉も痛いほどひりついている。

淫襞の中心部に勃起の先端を当て、ゆっくりと腰を沈めていく。

「あんっ、はああん」

愛は白い喉を反らして、悩ましい声を上げる。若く張り詰めたペニスが、ずぶずぶと灼けつく粘膜の奥にめりこんでいく感触は、いつでもたまらなく心地よかった。

「う、お、愛さんのお○んこ、熱いよぉ」

ずっぽり根元まで淫襞に包みこまれ、涼が掠れた声で喘ぐ。

「はああっ、ああ、いいわぁ、いいいっ」

愛は後れ毛を悩ましく揺らせて、豊かな腰を上下にくねらせる。

たわわな乳房がその動きに合わせて、リズミカルにバウンドする。その淫らに悶える様を、涼が食い入るように見つめている視線が痛いほど感じられる。

「ああすごい、きれいだ、なな子さんよりずっと——愛さんっ」

涼の方からも、ズンと強く腰を突き上げてくる。

「あんっ、ああんっ、深いぃ、あはぁっ」

肉腔の深層まで貫かれて、愛は天井を仰いで甘くヨガリ泣く。

愛は上下に動いたかと思うと、クリトリスを擦り付けるように前後にスライドしたり、剛直を深く呑み込んだまま円を描くように押し回したり、多彩な腰使いで若い涼を攻め立てる。

狭い控え室の中に、濡れた粘膜と粘膜がぶつかり合う、ぬっちゃぬっちゃという卑猥な音が響く。

「ああもっと、もっと腰を振って、もっと」

涼が両手を伸ばし、弾む巨乳をつかんでゆさゆさと揉みしだく。ハーフカップのブラジャーからまろび出た真っ白い乳丘が、みるみる桃色に色づいていく。

「いい、いいいっ、ああ、いいいっ、あううう」

愛はせり上がる愉悦を噛み締めながら、膣にきゅっと力をこめて、剛直を絞り上げた。

「あはうん、イキそうよぉ、あああ……」

愛がアクメを極めようとしたその瞬間、突然ドアがノックされた。

「ちょっとぉ、あいちゃん、いるんでしょ？　開けてよ！」

甲高いなな子の声だ。

二人の動きがぴたりと止まった。

「まずい！　なな子さんだ……！」

涼がみるみる顔色を変えた。

愛はさっとドアを振り返り、鍵が掛かっていることを確認する。

慌てて起き上がろうとする涼を、愛はそっと押しとどめた。

「しっ……私にまかせて」

愛は腰を浮かせ、肉腔からずるりと怒張を抜き取った。そしてそのままベッドを下り、半裸のまますたすたとドアに近づく。愛が鍵を外すと、なな子がすぐさまドアを開けて入ってくる。

「もうっ、セットの不具合とかで撮影が一時間中止ですって！　やってらんない

「……」

憤懣やる方ないようななな子の言葉が、ふっと尻切れとんぼになった。

ななな子はぽかんとして、半裸の愛を見つめた。

「な……な、なに？　あいちゃん、そのかっこ……！」

愛はにんまりとななな子に微笑んでみせる。

「あら、私だけじゃないのよ、ね」

ななな子は、愛があごで指し示した簡易ベッドの方に目をやるや否や、さーっと顔面蒼白になった。

「り……涼クン!?　……う、そ！」

下半身丸出しでまだ逸物を半勃ちにさせたままの涼は、目を逸《そ》らしてうつむいたままだ。愛は呆然として声を失っているななな子の袖を引いて、奥に引き入れる。

「一時間あれば、充分楽しめるわ」

愛はさっさとベッドに戻ると、萎え始めた涼のペニスに顔を寄せた。

「ほんと、すてきなお○んちんよねぇ」

肉幹に手を添えて、ねっとりと舌を這わせる。

「あ……っ」

涼が低く呻いた。

愛が根元から先端まで唾液を丹念にまぶしながら舐めさすっていくと、肉塊はみるみる勢いを取り戻した。

愛はなな子にちらりと視線を送り、これ見よがしに甘い溜め息をつく。

「ああん、美味しいわぁ、あふうん」

甘い鼻声を漏らしながら、浮き出た血管を愛撫し、鈴口の割れ目にまで舌を押し込み、傘の開いたカリ首の周囲をれろれろと舐め回す。

「うぅ――だめ、愛さん……」

愛の超絶舌技に、涼はなな子の目もはばからず、心地よさげに呻いた。

「あ、あ……なんてことを……！」

なな子は繰り広げられている光景を前に、呆然と立ち尽くしている。

「んふぅ、ふむぅん、んんん……」

愛は舌を肉胴に絡みつかせたまま、すっぽりと咥えこみ、快美な上下運動を開始する。悩ましく喘ぎながら、突き出した尻をくねくね蠢かす。

「んんん……ねぇ、なな子さんもいらっしゃいよ。ずっと涼クンのこれが欲しくて仕方なかったんでしょ？」

喉奥まで呑み込んでいたペニスを吐き出し、愛が息を弾ませながらなな子を誘う。

愛がきゅっきゅっと片手で扱くと、涼の屹立したペニスはびくびくと震える。なな子の血走った目は、涼の股間に釘付けになった。

「ああ……あああ……涼クン……」

なな子が熱に浮かされたような表情で、ふらふらとベッドに歩み寄ってきた。こちらに進みながら、彼女はもどかしげに服を脱ぎ捨てていく。ベッドによじ上ってきたなな子は、丸裸であった。飢えてギラギラした目で涼の肉棒を見つめているなな子に、

「ね、いらっしゃい。二人で涼クンを可愛がってあげましょうよ」

身体をずらして場所を空ける。

「はあぁ……涼クン」

なな子は悩ましい声を出すと、崩れるように涼の股間に顔を埋めた。

「ああふぅん、ああ、すてきぃ、あああ」

なな子は涼の股間からぷんと匂う雄フェロモンの香りを、鼻腔いっぱいに吸いこんだ。上気した顔で唇をいっぱいに開いて、なな子がペニスにむしゃぶりつく。

「んふぅうん、んんふうん、んっ、んっ」

「う……うぉ……なな子さんのおしゃぶりも、すげぇよ」

淫猥な状況に、涼の興奮もいや増したようだ。太幹はぐんと充血を帯び、がちがちにそそり立っている。

しばらく愛は、二人の狂態をしてやったりという表情で見つめていた。

「あふうん、ずるいわぁ、なな子さん、私にも半分ちょうだいよぉ」

おもむろに愛も押し入れるように、男の股間に顔を潜りこませる。

なな子が咥え残した太竿の根元を、ごわごわした恥毛ごと舐めまわし、張り詰めた陰嚢にもむしゃぶりつく。袋の中でこりこりする玉を、左右交互に口に含んで舌で転がすと、涼の腰がびくりと浮いた。

「んっ、んんっ、んぐうぅん」

「はふぅん、んちゅ、んちゅう、ちゅばっ」

熟女二人が淫猥な溜め息を漏らしながら、若棹に交互に舌を這わせ始めた。

「う、ううお、ああ、すげぇ、すげぇよぉ、しびれちゃうよお」

猛烈な女二人の口腔愛撫に、若い涼は早くも爆発寸前だ。

愛は涼の様子を見て取ると、素早く顔を上げて、夢中になって舌戯に耽っているなな子を押しとどめる。

「そんなにしたら涼クンが終わっちゃうわよ。さ、なな子さんから挿れてもらったら?」

「あ……ああ、あいちゃん、いいの? 嬉しい——お先にいただくわ」

興奮の極みにいるなな子は、美貌を火照らせていそいそと涼の股間に股がる。片手で男根の根元に手を添えて、そそり立つ切っ先めがけて一気に腰を沈める。糜爛した花弁を割って、ずぶずぶと剛棒が呑み込まれていく。

「はっ、あああああん、い、いいっ」

なな子は、きれいにセットした髪をざんばらに振り乱して大きく仰け反った。

「おうう……な、なな子さん、す、すげぇ、ちぎれそう」

なな子の激しい腰の動きに、涼が悲鳴のような呻き声を上げる。

「あ、ああ、ああ、やっぱり涼クンのお○んちんがいいわぁ、最高よぉ」

なな子は卑猥に腰を振り立てながら、悩ましく悶え泣いた。

愛は涼の胸元に覆いかぶさると、ぴんと勃った彼の小さな乳首を、ちろちろと舌でなぞった。涼は乳首が性感帯なのだ。

「あ、愛さん、そこ、いいよお、気持ちいい——」

涼が子どものような甘え声を出す。

愛は細い指先でくりくりと涼の乳首を弄りながら、彼の耳朶を甘嚙んだ。

耳殻や耳孔までねろねろと舌を這わせ、熱くささやく。

「涼クン、もっとなな子さんを悦ばせてあげなさい」

「は、はい、愛さん、こ、こう？」

愛の命令に、涼が素直に腰をずんずんと突き上げる。

「ああうぅ、ああ、いいっ、すごい、気持ちいいっ、気持ちいいぃ」

なな子は豊満な裸身を淫らな汗で濡れ光らせながら、ヨガリ狂う。

「涼クンは私の言いなりなの。これからもこうしたければ……ね」

愛は身体を起こすと、たぷたぷ揺れるなな子の双乳を両手でむにゅっと摑んだ。

掬い上げるように乳房を揉みこみながら、大きめの乳首を指の腹でやんわりとさすってやる。

「はぁ、あ、あいちゃん……それ、いいっ」

陶酔しきったなな子に、愛はちゅっとキスをした。そして、そっと何ごとかを耳打ちした。

「あ、あぁん、分かった……分かったわ、あいちゃんの言う通りに、するぅ……っ……だからもっと、してぇ……」

エクスタシーにどっぷり浸かった表情で、なな子がこくこくとうなずく。

愛はにんまりと微笑んだ。


「愛してるわ、あなた」

愛は、共演の新倉涼の胸に飛びこんで、熱いキスを交わした。

「はい、カット、オッケーです！」

監督の声に、愛と涼がゆっくり顔を離した。

場所は、某テレビ局の収録スタジオである。

「お疲れさまぁ、愛さん、昼ドラ『愛の激情』、先週も視聴率二十パー越えですよ」

スタジオのセットから出てきた愛に、スポンサーの社員がぺこぺこと挨拶する。

「まあ本当？　スポンサー様のおかげね」

愛が婉然と笑うと、スポンサーはさらに低姿勢になり、

「なにせ、あのかつての名子役あいちゃんが、熟女女優としてカムバックですからね、話題性もばっちりです」

「ふふ……せいぜいスポンサーさんの方も、宣伝をお願いしますわ」

愛は近寄ってきた涼に軽く目配せすると、彼を従えて自分の控え室に向かった。

「あ、あいちゃん、お疲れさま！」

冷えたタオルを手にしたなな子が飛んでくる。愛はタオルを受け取りながらなな子に声をかける。

「涼クン、もうすぐ来るって」

「ああ……うれしい……！　あぁ……」

なな子は切なそうな溜め息をついて、自分の胸元や股間を恥じらいもなくまさぐりだす。

（もうなな子はだめね。すっかり色狂いになっちゃって）

部屋の隅で自らを慰めだしたなな子を見て、愛は冷ややかに思った。

愛はスマホを取り出すと、啓介の番号を呼び出した。

「もしもし――あなた？　仕事は順調よ。借金もそのうち完済できそうよ」

「――そうか」

啓介のあっさりした返答に、愛は肩透かしを食らったような気持ちになる。

（あなたのために頑張ってきたのに……）

やるせなさが、胸の底に澱《おり》のように沈んでいった。

――なな子が涼に溺れきっていると感づいた愛は、涼を餌に芸能界復帰を画策したのだ。

手始めは、なな子主演のドラマに脇役で出してもらうことだった。

その後は涼主演のドラマにも、彼の口添えで脇役として抜擢してもらい、次第に頭角を現したのだ。

演技派ではないものの、名子役から国民的アイドルにまで上り詰め、スキャンダルを経て、美貌の熟女女優として復活した愛に、オファーが殺到しだした。

特に昼ドラやサスペンスもののような、多少大げさな演技が求められるものは、技巧派ではない愛にぴったりだったのだ。

そして今回、愛と涼が出演する不倫妻ものの昼ドラが大ヒットとなった。

愛の人気がうなぎ上りになるにつれ、反比例のようになな子の仕事は激減した。

涼との愛欲に溺れたなな子は、相次いで仕事をドタキャンしたり途中降板したりで、次第に芸能界からフェードアウトしたのだ。そこには、もちろん愛の思惑が絡んでいた。

なな子が仕事に入る直前に、媚薬を飲ませて涼とのセックスに溺れさせたり、共演者の悪口を涼からなな子の耳に吹き込ませ、短気な彼女を煽らせたりした。

今や立場は逆転し、愛がなな子を付き人のように従えている。プライドの高かったなな子が、涼に抱かれるだけで、身も心も愛のいいなりになっていった。


その日も、ドラマの撮影の休憩で、愛は控え室にいた。

ソファにもたれてスマホのＬＩＮＥを眺めていると、涼からのメッセージが来ていた。

「これから、行く」

愛がスマホから顔を上げた直後に、ドアがノックされた。

「あいさん、入るよ」

ノックと同時に、涼が控え室に飛びこんできた。

立ち上がった愛はすばやく涼に口づけすると、奥にいるなな子の方にあごをしゃくる。

「してあげて」

涼は露骨に顔をしかめた。

「勘弁してよ。あの人、しつこいんだ。それに……」

涼は愛の耳元に口を寄せてささやく。

「あいさんのほうが、締まりがいい」

「ばかね。後で私がたっぷり可愛がってあげるから、ね」

涼はしぶしぶなな子に近づく。

「あ、ああ……涼クン、待ってたのよぉ、早くぅ」

だらしなく服をはだけたなな子が、涼にしなだれかかる。彼女はすでに、何回もオナニーをしていた後だ。

「仕方ねぇなあ」

涼は乱暴になな子の服を剝ぎ取り、床にそのまま押し倒した。

「っ……はぁあ……」

たわわな乳房を乱暴に摑まれただけで、なな子は熱く喘いでいる。すでに硬く尖っている乳首を、涼の長い指がきゅうっと強く引っ張り上げると、

「くぅうっ……あはぅう」

なな子は、背中を反らせて身悶えた。

「なんか、簡単だなぁ。つまんねえ」

涼が揺れる双乳の間から、不満そうに顔を上げ、テーブルでコーヒーをカップ

に注いでいる愛に、しかめっつらをしてみせた。

半身を起こした涼は、片手でなな子の乳房を捏ねくりながら、もう片方の手でぱっくり開ききっている彼女の秘唇をまさぐる。

「は、あはぅ……っ」

充血したクリトリスを指で撫で上げられただけで、なな子は腰をびくりと淫らに揺らす。涼は肉腔から溢れてくる愛液を指にすくい取り、ぷっくり膨らんだ秘豆をぬるぬると擦る。

「あぁあん、あっ、あくぅ、あ、あん」

なな子が早くも切羽詰まったすすり泣きを漏らす。

「あらやだ、なな子さんたら、指だけでイッちゃいそうね。その方が涼クンもらくちんでしょ、イカせちゃいなさいな」

脇でコーヒーを飲みながら傍観していた愛が、面白そうに声をかける。

涼はうなずいて、親指でクリトリスを捏ねながら一気に四本指を淫唇に突き入れた。

「はっ……あっ……あっぁ、ぁあっ」

なな子は全身を強張らせながら、陶酔したヨガリ声を上げる。

「うわ、すげっ、びしょびしょ、漏らしてるみてぇ」

涼があきれたように言いながら、さらに倍速で指を出し入れする。ちゅぷちゅぷと大量の淫汁が弾ける卑猥な音が響きわたった。

「んぁああ、あ、そ、そんなにしないでぇ、ああん、き、気持ちいぃいい、い、いいっ」

なな子は艶かしく上気した顔を歪ませて、悲鳴にも似た喘ぎ声を上げ続ける。涼は仕上げとばかりに、さらに柔肉の奥底まで指を突き入れて、ぐりぐりと激しく掻き回す。

「あぁ、あっ、あっ、はぁっ、あぁぁっ」

なな子のむっちりした腰が、ひくんひくんと何度も痙攣する。

「あっ、だめぇ、もうイッちゃう、あぁ、イッちゃうわぁ、っああぁあああ」

なな子は腰を高々と突き上げたまま、絶頂に達した。

なな子はだらしなく唇を半開きにし、びくびくと全身を震わせて、半ば気を失っている。涼がぐったりしたなな子から、素早く離れた。

「ほら、終わったからさ――」

彼はご褒美を待つ忠犬のような表情になる。

「そう、じゃあ、今度は私がしてあげるわ」

愛は悩ましげな表情で、ゆっくりと涼に近づいていった。

第六章　元アイドルは肉人形

「最近、あいさん、ちょっと冷たいよ」

新倉涼が、高級ホテルのスウィートのベッドの上で、愛の双乳に顔を埋めながらぼやいた。

「ごめんね涼クン、スケジュールが詰まっちゃってて」

愛は涼の股間をまさぐりながら、優しく答える。

二人は久方ぶりの逢瀬であった。

熟女女優として復帰した愛は、再ブレイクで人気沸騰中だ。トーク番組などでも、惜しげも無く肌を露出し過激なトークも辞さないので、テレビのお色気担当要員として引っ張りだこになっている。

「忙しくても、僕のこと忘れちゃ、いやだ」

涼は子どものように拗《す》ねる。愛は身を起こすと、彼の股間に顔を寄せ、反り返った男根に頬をこすりつける。

「ふふ、馬鹿ねぇ、忘れるはずないでしょ」

そう優しくあやしながら、豊乳の谷間に亀頭を挟み、乳房を寄せ上げるようにして、ぷにぷにと揉んでやる。

「ぁ……柔らかい……あぁ……」

涼が目を細めてパイズリの感触にうっとりする。

「はぁ……ああ、硬いわぁ、すてきぃ」

愛は甘い鼻声を漏らして乳房を押し揉み続けながら、内心思う。

(涼のこと、すっかり忘れてたわ。いけない、いけない。売れっ子イケメン俳優として、手駒にキープしておかなくちゃ……)

愛は頭の中でめまぐるしく思考を巡らせながら、乳房に挟んだまま先端から先走り汁がどくどく漏れ出している鈴口に、ゆっくり舌を這わせ始める。

「っ……くぅ……うぅう……」

肉筒を乳房できゅっきゅっと押し揉まれ、亀頭を舌でぺろぺろなぶられて、涼は気持ちのよさに腰をくねらせる。

「んぅんふぅ……あはぁん……はぁあん」

涼の反応をうかがいながら、唇を開けて、じょじょに肉棹を呑み込んでいく。

「ちゅぱっ……んちゅっ……んんんっ」

猥りがましく頭を振り立てながら、喉奥まで太棹を呑み込んでは吐き出す。

「ぁあっ……すご……ああ、だめだよ、そんなにしちゃ……」

涼の手があわてて愛の頭を押さえる。愛はそっと唇を離し、濡れた目で涼を見上げる。

「うふ……もうしたいの?」

「う、うん……挿れたいよ、あいさんに……」

涼はせっぱつまった声で言う。

「んもう、せっかちねぇ」

苦笑いしながらも、愛は身体を起こし横たわっている涼の上に跨がる。

本当は、自分の股間も舐めて欲しいところだが、今は時間が惜しい。

漲りきった肉茎の根元に手を添え、中腰になって自分の陰部へと導く。ペニスの先端で、くちゅくちゅと花弁の入り口を掻き回すと、慣れたもので、すぐに淫蜜がにじみ出てくる。

く。

「んん——」

頃合いを見計らって、愛は充血しきった肉棒を、蜜壺の中心にめりこませてい
「はぁ……っ」

ずぶずぶっと肉路が切り開かれて、奥底にまで届く。馴染んだペニスは、心地よく愛の濡れ襞を擦っていく。

「おぉう、いい……熱いよ……あいさん」

涼が半眼になって低くうめく。愛はたわわな乳房を弾ませながら、腰を上下に蠢かし始める。

「あぁ……ん、んん、はぁん、あぁぁ……」

悩ましげなヨガリ声を漏らし、愛はばつんばつんと肉の打ち当たる音を響かせて腰を振った。

腰を沈める時に、強くイキんで男の太茎を締め上げることを忘れない。

「うぅ……っ、あう、締まるぅ、ああ、あいさん、締まるよぉ」

愛の熟練した腰使いに、涼はたちまち頂点に追い上げられていく。

「んっ、あぁふん、いいわぁ、あぁっ、涼クンのお○んちん、最高よぉ」

愛は両手で自分の乳房を揉みしだきながら、ちらりとサイドボードの時計に目をやる。

(約束の時間まで、あと一時間……急がないと)

時刻を確認すると、やにわに首を後ろに仰け反らして、腰を大きくローリングさせる。

「はぁっ、あいさん、あ、あ、すご……!」

愛は、回転したかと思うと怒張をきつく巻きこんだまま前後に動き、また上下にピストン運動したりと、多彩な腰技で涼を責め立てた。

「はぁぅ……いいいっ、ああいいわぁ、涼クン、すごぉい、ああいい、よくてたまんないわっ」

愛は全身をピンク色に染め、少し大げさに淫らなすすり泣きを漏らし始める。

さらに腰のくねりが激しくする。

「うおぉ、ああ、も……もう、もう、出そうだ、ああ、あいさん、出ちゃう……!」

涼は懇願するようにうなった。

「は……ぁあっ、あ、来て、来てぇ、もう来てぇ、ね、一緒に、イクぅうううう」

愛がぶるぶる身悶えしながら、膣に渾身の力を込めてきゅうっと絞り込んだ。

「おぉおう……っ」

涼は低く咆哮し、どうっと精を迸らせた。

「ぁあああん、はぁあああぁっ」

最後に膣壁ををえぐるように突き上げられて、愛も絶頂を極めた。


「じゃ、私、次があるから、先に出るわね」

まだ全裸でぼうっと横たわっている涼を尻目に、愛はさっさと身支度を整えると部屋から出て行こうとした。

「あ……次は？　次はいつ？」

涼があわてて身を起こす。

「メールかＬＩＮＥするから。まだ休んでなさいな」

取りなすように言いおいて、愛はホテルを出てエントランスでタクシーに乗った。

（さあ、次の男に会わなくちゃ）

その男は、芸能界のドンと言われていた。

幾つもの企業の取締役を兼任し、テレビや芸能界の大スポンサーである。彼のひと言で、番組のひとつやふたつあっという間に吹っ飛んでしまうのだ。

「お待たせいたしました。島崎《しまざき》様、愛です」

涼と別れ、タクシーに飛び乗った愛は、渋谷区松濤《しょうとう》にある広大な敷地の和風屋敷の前に降り立った。

使用人に案内され、長い檜《ひのき》の廊下の奥の一室に通される。重々しい襖を開けると、二十畳はありそうな和室に、金屛風に囲まれた寝屋がある。

「ずいぶん待たされた」

寝屋の中から、どすのきいた声が響いた。

愛はごくりと生唾を呑み込んで、声のする方に進み出る。つるりと禿げ上がった巨漢の老人が、ふんどし一つで上等な和布団の上にあぐらをかいていた。

「申し訳ありません、道が混んでいて……」

愛が両手をついてお辞儀をしようとすると、男がぴしゃりと言う。

「言い訳はいらん。さっさと脱げ」

愛は形の良い眉をぴくりと上げたが、黙ってそのままスーツを脱ぎ始める。最後の一枚であるパンティを引き下ろし、脱いだ衣服は部屋の隅にきちんとたたむと、愛は島崎の前に両手を垂らして立った。

男は獲物を狙う蛇のような目つきで、裸になった愛の全身をねめ回す。ほっそりした首筋、華奢な肩、綺麗な曲線を描く肩甲骨、大きく膨らんだ乳房は少し重たげに垂れ下がり、きれいにくびれたウエスト、薄く脂肪の乗った下腹、むっちりと柔らかそうな太腿、膝下はすんなり長い。

「ふん。子役の時は小生意気な乳臭いガキだったが、ずいぶんと美味しそうな身体に育ったものだ」

愛は少しうつむいたまま、じっと立っている。

この男、島崎良平《りょうへい》は大の熟女好きで、芸能界では評判だった。

彼は現在芸能界で活躍している熟女の、ほとんどに手を付けたと言っても過言ではないだろう。

子役時代は見向きもされなかった愛が、熟女女優として復活したとたん、接触してきたのだ。

(この男さえ籠絡してしまえば、芸能界は私の思うがまま。それにお金も貸してくれそうな気がする――）

腹の中で自分に言い聞かし、意を決してここにきた。

ふいにのっそりと島崎が立ち上がった。

手に紅い縄の束を握っている。愛は男の意図を察し、はっとして思わず一歩下がる。

「し、島崎様……それは……？」

島崎が酷薄そうににたりとする。

「なにをされてもいい覚悟で来たんだろうな？」

愛は唇をきつく嚙み締めて、こくりとうなずいた。

「このでかいおっぱい、何人の男にしゃぶらせてきたんだ？　え？」

島崎の毛むくじゃらな両手が伸びてきて、愛の豊満な乳房をぎゅっとわしづかんだ。白い乳丘に、太い指がめり込む。

「っ――」

激痛を必死でこらえる。島崎が嬉しそうにタバコのヤニだらけの歯を見せて笑う。

「ふふ、けっこう肝がすわっとるな、気に入った」

そう言うや否や、島崎は愛の華奢な両腕を捕らえて背中へ回し、紅縄をぱらりとほどき、手慣れた様子で手首をくくった。

「あぁっ」

手首に走る激痛に、愛が小さく悲鳴を漏らす。紅縄はそのまま前に回され、蛇のようにぎりぎりと愛の乳房を緊めあげた。雪のように白い肌に、紅縄がきつく巻き付く。

「うぅ……あぁ……あ」

苦痛と恥辱に、愛は嗚咽を堪えることができなかった。

島崎は最後の仕上げに、剝き出しの股間にぐいっと股縄を食いこませた。

「ひ……っ、ひぃいいっ」

身体が中心から引き裂かれるような衝撃に、愛は絶叫した。

「ふぅー、さて、きれいなお人形の出来上がりだ」

島崎は額に汗を浮かべながら、満足そうにため息をついた。

「よし、正座しろ」

「は、はい……うあぁ……くぅ」

愛は全身を駈け回る痛みに耐えながら、必死ですらりとした脚を折り曲げて正座した。

柔らかな黒髪はざんばらに乱れ、縄に絞り出された双乳はひしゃげて前に飛び出し、乳首は緊張と興奮につんと尖って、紅く膨らんでいる。

愛は息を荒がせながら、涙目で島崎を見上げる。

「おうう、いいねぇ、その目。ああぞくぞくする。こんな美しい肉人形は初めて見たぞ」

島崎は加虐の悦びに目をぎらつかせ、自分のふんどしをはらりと外した。

股間からどす黒い肉塊がそそり立っている。年配にしては、凶々しいほど屹立している。島崎はそのまま愛の顔面に股間を押し付けてきた。

「さあ、咥えろ」

「む……ぐぅ……うぐぅうう……」

髪をつかまれて顔を上げさせられ、猛り狂う怒張がずぶりと口腔に突き入れられた。

「はぅ……うぐぅう、むぅうう……」

いきなり喉奥まで突かれて、危うく窒息しそうになり、目を白黒にして呻いた。

「そらしゃぶらんか！　お前は、ご主人様の言うことをなんでも聞く、肉人形だろう！」

島崎が血走った目で怒鳴る。愛の頭をぐらぐら揺すぶって、ディープスロートを繰り返す。

「んん……むぅうぐう……はうぐぅうん」

愛は美貌を引きつらせながら、必死で口と舌を使って醜い肉塊を舐めしゃぶった。

島崎がここまで残酷だとは、計算外だった。今までの男のように、普通のセックスでは到底通用しそうにない。

（く、苦しい……吐き気がする……あぁあ……）

酸欠もあってか、次第に頭がぼんやりしてきて、機械的にフェラチオに耽った。

「はぁ、ふ、んちゅ……は、ふぁ、ふあぁあ」

島崎がぐいぐい乱暴に腰を繰り出すので、愛の舌技も追いつかない。めいっぱい開いた唇の端から、嚥下できない唾液がたらたらと溢れ出す。

苦悶の表情で男根をいっぱいに頬張った愛を見下ろして、島崎は興奮に顔を真っ赤に火照らす。

「おぅ、いいぞぉ、おお、うぅぅうお」

気持ちよさげに低く呻きながら、島崎がさらに腰のピッチを上げていく。

「おら、もっと緊めろ。口を使わんか！」

「……んっ、んんんっ、んぐぅうんんっ」

愛はくぐもった喘ぎ声を上げながら、必死で淫棒の根元を唇できつく扱く。苦痛で目尻から涙がこぼれ、紅縄で括られた白い全身が、汗でぬらぬらと妖しく光る。

「おぅっ、で、出るぞぉ、呑め、呑めっ」

愛の口腔で肉塊がぐんと膨らんだ。

次の瞬間、どうっと白濁の精が愛の喉奥に注ぎ込まれた。

「ぅう……ぐうぅむ……ごく、ごくん……」

息苦しさに顔を真っ赤に染めながら、苦味の強い大量のスペルマを呑み下した。

生臭さが鼻腔いっぱいに拡がり、屈辱で目眩がしてくる。

「っ……かはぁ……ごふ、ごふぅ……っ」

ようよう放出が終わると、愛は顔を外して何度も咳きこんだ。

「ふうぅ……なかなかおしゃぶりも上手じゃないか」

島崎が荒い息を継ぎながら、満ち足りた顔をする。

「ご、ご満足いただけたでしょうか？」

愛はまだ喉奥に粘り着いている粘液の不快さに耐えながら、丁寧な物腰で言う。

「まずまずだな」

島崎はもったいぶって答えると、紅縄に絞り出された愛の双乳を、両手でぎゅっと強く握りつぶした。

「っつぅ、く……」

愛は激痛に一瞬身を硬くしたが、島崎が乳房を揉みしだきながら指で乳首を巧みに擦り上げ、ねちっこく愛撫を続けていくうちに、次第に官能が蕩け始めた。ひりつく乳首から、むず痒い疼きが子宮の奥を刺激し、じわりと膣腔から愛液が滲み出してくる。

「んっ……や……あぁん……」

繊細な美貌がピンク色に上気し、紅縄で括られた白い肢体が悩ましげにくねくねして悶えた。

「ふふ、さすがに芸能界きっての熟女女優と評判なだけあるな。もう気分を出してやがる」

島崎は猫が鼠をいたぶるような目で、情欲をたかぶらせていく愛の様子をながめる。

「さあ、その可愛いお口を吸わせておくれ」

やにわに島崎が、酒焼けした顔を寄せていた。

「む……ぐぅ……はふぅう……」

拘束された愛は拒むこともできず、ぴたりと唇を塞がれてしまう。島崎の口は、愛飲しているらしい焼酎の強烈な異臭がした。ぬるりと厚い舌がこじ入れられ、ねちゃねちゃ音を立てて愛の口腔をいやらしく舐り回す。

舌を捕らえられ、歯を立てられたり引き抜かれるかと思うほど強く吸い上げられたりを繰り返され、舌の付け根までひりひり痛んだ。

「あぁ……ふぅうん……んん……はふぅん」

愛の身の内に被虐的な悦びがじわじわ拡がっていく。ビジネスのためと割り切って来たはずが、いつの間にか島崎のペースに巻き込まれていく。

「む……あんん……あはうぅん……」

島崎がねっとりした唾液を大量に送りこみ、愛が屈辱に呻きながらそれを嚥下していると、男の太い指が白い太腿の狭間に潜り込んできた。

「おお、もうぐちょぐちょじゃないか。肉人形のくせに欲情するとは……」

島崎の指は肉門をこじ開け、愛蜜の溢れた淫襞を掻き回した。

「ぁっ……やん……やぁんん……」

愛は豊満な乳房を震わせながら、身悶えする。いたぶられるほどに、全身が甘く疼き、膣襞がひくひくと物欲しげに収縮してしまう。

「なんて淫らな肉人形だ、おい、こら！」

島崎は唇を離すと、片方の手で秘部をいじり回しながら、もう片方の手で柔らかな愛の髪の毛を摑み上げ仰向かせる。愛は潤んだ悩ましげな目つきで、島崎を見上げた。

「……あぁっ、も、もういじめないで……」

自分でももうどうにもならないほど、媚肉が熱く疼いている。島崎の指は、秘苑を掻き回しながら、充血した淫豆を巧みに擦り上げてくる。クリトリスからの鋭角的な快感に、愛は悲鳴にも似た呻き声を上げる。

「くぅ……ひ……あ、ああだめ、そこだめぇ……ああだめぇ、だめよぉお……！」

愛は首をふるふる振って、淫らに開いた唇から切羽詰まった熱い吐息を漏らし続ける。もはや股間は溢れた淫蜜でどろどろだ。

「お○んこ、して欲しいか？」

島崎がふうふう荒い息を吹きかけながら、愛の耳元でささやく。愛は被虐の陶酔にどっぷり浸りながら、こくりとうなずく。

「それじゃあ、肉人形らしく、きちんとご主人様にお願いするんだ」

欲情の極地に追いつめられた愛は、屈辱のセリフを夢中で口にする。

「あ――し、してください、ここに……愛のいやらしいお○んこに、ご主人様のお○んちんを入れて、うんと突いてください、ああ、めちゃくちゃにしてくださ い！」

口にしたとたん、あまりの屈辱に全身がかーっと火照り、それがさらに劣情を煽り立てる。

「そうかそうか。よし、願い通りにしてやろう」

島崎がおもむろに立ち上がる。

驚いたことに、先ほど大量の射精を果たしたばかりの逸物は、すでにむっくりと隆起している。

彼の回復力に目を見張った愛に、島崎が歯を剝き出してにやりと笑った。

「外国製の、強力な精力剤のご厄介になったんでな。半日はビンビンに持続するぞ」

島崎のテラつく怒張を見て、愛の媚肉が飢えに飢えて痛むほどに蠢いた。

悩ましい眼差しで島崎に懇願する。

「は、早く、ください、ご主人様のお○んちん……！」

太腿をもじもじ摺り合わせて催促すると、島崎は愛を括ったまま、夜具にうつぶせに倒した。

後ろ手に括られているので、いやらしく尻を突きだす姿勢になってしまう。男には、真っ白い双尻の割れ目から濡れ光る紅い肉襞が、淫靡にはみ出てひくついているさまが丸見えだろう。

「そらそら……」

島崎は愛の細腰を引きつけて、傘の張った先端でぬかるんだ秘肉を軽く抉った。

「はひぃっ」

それだけでずきんとするような快感が子宮に走り、愛はもう恥も外聞もなく腰を揺すり立てて島崎をせき立てた。

「あぁん、もう挿れてぇ、突いてぇ、早くぅ」

「そらぁっ」

待ってましたとばかりに、島崎はずーんと一気に根元まで貫いてきた。

「ひ、い、いぃいいぃ……っ」

脳芯まで痺れるような衝撃的な悦楽に、愛は縄付きの裸身をびくびくとくねらせた。

「そら、いいか？　うれしいか？　ご主人様のち○ぽ、美味しいか？」

島崎は巧みに腰を左右にひねりながら、ぐさりぐさりと愛の官能の壺を突いてくる。

「ああいい、いいですぅ、お○んちん、美味しいぃ、気持ちいぃいいぃっ」

愛は狂おしいヨガリ声を上げ続ける。

島崎は容赦なく責め立ててきた。

「おりゃ、おりゃ、どうだ、肉人形め！」

言葉で加虐的に虐めながら、太くたくましい尻をばつんばつんと打ち付けて、愛の襞肉を奥底まで穿っていく。

「ぁあぅ……も、もう、だめぇ、し、死んじゃううぅ……あぁ、もう許してぇ……っ」

愛は連続して襲ってくるアクメの嵐に、息も絶え絶えになって懇願する。

「それなら誓え、わしの性奴隷になると。わしが望む時には、いつでもお○んこを差し出すんだ！」

島崎は、愛の快感の壺を探り当て、膨れた亀頭の切っ先で、そこをぐいぐいと掻き回してくる。突き上げられるたびに、じゅわあっと大量の愛潮が溢れ出す。

脳芯にばちばち火花が散るような法悦に、愛は悶え泣きながら切れ切れに言う。

「あ……あぁ、ち、誓いますぅ……あいは島崎様の奴隷ですぅ……」

島崎は満足そうに声を上げて笑った。

「ようし、その言葉忘れるなよ！　もっとくれてやる。そらぁ！」

島崎は腰を押し回し膣肉をぐりぐり抉りたてながら、ふるふる揺れる愛の豊尻を、ばしんばしんと平手打ちした。

「痛っぅっ」

激痛で頭が真っ白になる。しかし、痛みが引いていくときのじんじん痺れる感じが官能を刺激し、異様な興奮を掻き立ててくる。

「ひっ、ひぃいい……っ……いっ……ひっ」

平手と肉棒の相乗攻撃に、愛の全身に被虐の悦びが駈け巡った。

愛は拘束された身体全体で強くイキみ、繰り返し襲ってくるアクメを貪った。

「あ、あぁ、あ、すごいぃ、すごい、あぁ、いいっ、いいっ」

絶頂の感覚が加速度的に速まり、愛はひいひい息を乱し、身悶えた。

あまりにイキ過ぎて、このまま心臓が破裂して死んでしまうのではないかという恐怖にすら襲われた。

「んぅうう、あ、も、だめです……お願い、もう許して、も、死んじゃう、死んでしまう……っ」

愛は掠れた声ですすり泣き、電流を流されたかのように、四肢をびくびく震わせた。

「死んでしまえ——そら、天国へ連れて行ってやる」

島崎は、背後から愛を強く抱きすくめると、彼女を膝立ちにさせ、仕上げとばかりに腰をがくがくとハイスピードで揺さぶった。

「あぁ……い、イクぅ、ああイク、イクぅ、ぁあああああああぁあ」

子宮口に激しい衝撃を連続して受け、愛はピンク色に染まった緊縛された身体を弓なりに反らして、絶叫しながら究極のエクスタシーを極めた。


その年の暮れのことだ。

年末恒例の国民的歌番組の審査員に、今年最も活躍した女優ということで菅野愛が選ばれた。

愛はこの一年、幾本ものドラマや映画に主演を果たし、ヒットを飛ばした。

復活した彼女の活躍ぶりは、目を見張るものがあった。

その陰に、島崎の力が働いていたことは知る人ぞ知るのみだった。

大晦日、京都の老舗の呉服屋が提供した、西陣織のきらびやかな和服に身を包んだ愛は、誰もがはっとするほど妖艶で美しかった。

盛大な歌合戦が続く中、愛はにこやかに審査員席に座っていた。

しかし、カメラに写らない下半身は、小刻みに震えていたのだ。

(あぁ……ああ、どうしよう……辛い)

愛の股間には、島崎の命令で、媚薬を塗り付けた大きなローターがスイッチをオンにしたまま入れられていたのだ。

ぶーんと微妙な動きで振動するローターが、休みなく柔肉を刺激し続けている。

絶頂寸前の悦楽が、エンドレスで愛の下腹部を襲ってくる。ともすれば、甘いヨガリ声を漏らしそうになるのを、愛は必死で我慢し続けた。

「さあて、先ほどの紅組の応援はいかがでしたか？　菅野さん」

司会者の声に、うつむき加減で耐えていた愛は、はっとして華やかに笑いながら答える。

「すばらしかったですわ。今年も絶対、紅組優勝ですね」

彼女が大輪の花が開いたように婉然と微笑むと、満員の会場がわっと沸いた。

その地響きのような振動に、愛は思わずびくりと身体を震わせる。

(うう……、もし許されるなら今すぐ股間をぐちゃぐちゃに掻き回して、思い切りイッてしまいたい……)

もうすぐ前半戦の休憩時間になる。番組もいったん中断するので、その間に控え室の洗面所に駆けこんでなんとかしよう、と愛はぎゅっと股間に力を入れて自制した。

永遠かと思われるほど、前半戦は長く感じられた。

やっと番組が休憩時間に入った。

愛は慣れない着物姿なので、裾をはだけないように気を使いながら、急ぎ足で自分の控え室に向かう。

途中、大勢の芸能人、番組関係者などに挨拶され、その度立ち止まって挨拶を返さねばならないのには参った。もはや淫らな疼きは限界を超えていて、今にもその場に頽《くずお》れそうだった。

どうにか控え室までたどり着き、心からほっとしてドアを開ける。

「——待ってたぞ」

奥から低い声がした。その声を聞いた愛は、絶望感に足が萎えそうになった。

「こちらに来い、肉人形」

羽織袴姿の島崎が、控え室のソファに鎮座している。

「はい……」

愛は小声で返事をし、島崎の前に進んだ。もう幾度となく島崎に肉調教され、声を聞いただけで身体が素直に反応してしまうのだ。

「わしの言う通りにしたかな」

「はい……この通り……」

愛は金糸織りの着物の裾を、両手でそっと割った。

下着は付けていない。股間の茂みから、ローターの紐がはみ出して細かく震えている。

「ふむ。足を開いてみろ」

「あ……それだけは……」

愛は一瞬拒もうとしたが、蛇のような冷徹な島崎の視線にさらされると、身体がじんわり火照ってしまい、つい言うことをきいてしまう。

そっと太腿を開くと、溜まりに溜まっていた愛液が、蜜口からとろりと溢れ出し、股間を伝った。

「ふふ、番組中にこんなに濡らして……全国の視聴者が知ったらびっくりだな」

島崎がからかうように言う。愛は頬を上気させながら、かすれた声で懇願する。

「あ……あぁ、お願いです。これを外させてください。本番中、辛くて耐えられません……！」

「わしの命令に逆らうというのかっ？」

島崎の語気が荒くなる。彼はひどい癇癪持ちなのだ。

愛は怯えてぴくりと肩をすくめる。

「い……いえ、そんな……」

「まあいい、そいつは抜いてやろう、近くに寄れ」

島崎の態度が和らいだので、愛は安堵して近づいた。座っている島崎の眼前に股間を突き出すと、男が指を伸ばして、ほころんだ陰唇からはみ出していたローターの紐を引いた。

「ん……っ」

ずるりと淫液まみれのローターが引き抜かれる。喪失感とともに、すうっと柔肉の疼きがおさまる。

「はぁ……」

愛は深く息を吐き出した。

彼女の気の抜けた様子を、冷たい笑みを浮かべた島崎が見つめた。

「その代わり、これを着けていけ」

島崎は懐からなにやら剣呑そうな道具を取り出す。

極太のバイブレーターが付いた下着型の淫具だ。

愛はぞっとして弱々しく言う。

「お、お願いです……島崎様……それだけは――」

「早く履け」

島崎は容赦なく言い募る。

「うぅ……」

愛は半べそになりながら、卑猥な器具を受け取る。

両足を少し開き、息を詰めてバイブレーター部分を秘裂にあてがった。

「あ、あぁ、あ……」

ずるりと極太のバイブレーターを呑み込むと、膣壁全体がじいんと甘く痺れた。

装着している間に、軽く達してしまう。

淫具を着け終わると、声を震わせた。

「こ、これで、よ、よろしいでしょうか……？」

島崎は満足げにうなずく。

「ふむ、いい格好だ。全国放送のカメラの前で、特大のバイブを咥え込んで、淫らにイキ続けるがいい」

島崎は、淫具の腰のベルト部分にある小さなスイッチをぱちんと弾いた。

とたんに、肉腔に収まったバイブレーターが、大きくうねり始める。

「きゃぁうぅう！」

びりびり痺れる刺激に愛は悲鳴を上げた。

内股になって、膝をがくがくと震わせた。

島崎が嘲笑する。

「いい格好だ。さあ、後半戦に行くがいい」

「それでは皆様良いお年を！」

司会者がにこやかに会場に手を振り、歌合戦のフィナーレを飾る「蛍の光」で会場中がひとつになり、大合唱が始まる。

審査員席で、愛はこわばった笑いを顔に貼り付けて必死で耐えていた。

下腹部では、休憩中に島崎に入れられた特大バイブレーターがうごめき続けていた。番組中、何度も強いエクスタシーに襲われ、正気を保とうとなけなしの理性を振り絞り、既に意識がもうろうとしていた。

だが、すでに限界は超えていた。

（あ……あ、もう……だめ……！）

とうとうフィナーレの最中に、愛はそっと立ち上がり観客席通路をそそくさと抜けた。

幸いなことに、クライマックスで感動の渦に巻き込まれている客たちには、ほとんど気づかれなかった。

全速力で楽屋に逃げ込みたいのだが、股に挟まれているバイブレーターの刺激をこれ以上受けないように歩かねばならず、よちよちと廊下を進む。

自分の楽屋のドアを開けたとたん、番組終了の拍手の嵐がどっと会場から聞こえてきた。

「はぁ……」

愛は脱力して、ぐったりとドアに背中をもたせかけた。

「ばかもの！　最後まで座っていられなかったのか！　それでも女優か！」

楽屋に控えていた島崎が、低いがぞっとするような酷薄な声を放った。

「ぁ……ぁあ……も、もう……無理で……し、死にそうなんですぅ……」

愛はよろめきながら近寄り、島崎の足下に頽《くずお》れた。そして、袴の裾にすがりつ
いて、懸命に懇願する。

「お、お願いです……イカせて……！　ご主人様のお○んぽで、とどめを刺して
ください……早く……お願いっ……」

愛は喘ぎながら立ち上がり、豪奢な着物の裾をまくり上げ、真っ白な豊臀を剝
き出しにする。Tバックになった淫具の隙間から、ぽたぽたと愛液が滴り落ちた。

膣襞の中には、グロテスクなバイブレーターがまだうごめいている。愛は尻をふ
るふるともどかしげに振りながら、島崎に催促する。

「ご主人様ので、イカせてください……！」

ふいに会場の近くの寺からか、荘厳な鐘の音が響いてきた。

ごーん——。

「ふふ……どうやら年が明けたようだな。それでは、可愛い肉人形にもお年玉をやろう」

島崎が嘲笑しながら近づく足音がする。

「尻を差し出して、そこの壁に手をつくがいい」

「あぁ……はい、こうですか？」

愛はやっと悦楽地獄から解放されると、ほっとして、言われた通りの体勢になった。

島崎のごつい手が、愛のむちむちした尻を摑んで引き寄せる。しかし、柔肉を抉っているバイブレーターをいっこうに抜こうとはしない。

「——？」

愛が息を潜めて待っていると、島崎は細いTバックの紐を、ぐいっと指で引いてずらした。

アナルが丸見えになった。

島崎の太い指が、媚肉から溢れた愛液をなすりつけるように、アナルを弄り回し、やにわにぐぐっと押し入れてきた。

「ひっ？」

禁断の排泄感に、愛はびくんと腰を浮かせた。

島崎の指は、ぐぷりと菊門の奥まで潜り込み、ゆっくりと抜き差しを始める。

「あ、ぁ、あ、お尻、いやです……だめ……っ」

酷いことをされそうな予感に、愛は肩を震わせた。

「ふん、ここを使うのが初めてってわけでもなかろうに」

島崎がくちゅくちゅ淫猥な音を立てて、アナルを抉った。

「……ん、んん、ん……」

背徳的な刺激に、次第に艶かしい鼻声が漏れてしまう。

島崎は存分にアナルをいじり拡げると、おもむろに指を抜き去った。

愛がホッとしたのもつかの間、衣擦れの音がし、島崎が酷薄に言う。

「新年のお祝いに、ケツでイカしてやろう」

「ええっ？」

愛はぎくりとして身を引こうとした。それより早く、アナルに島崎の硬く太い滾りの先がぐいっと押し付けられてきた。

かつてのマネージャー酒井とのアナルセックスですでにアナルは開発済みであ

ったが、勃起しきった島崎のペニスは、ビール瓶ほどの異常な太さであったのだ。そんなものを突っ込まれたら、どうなってしまうか──。

「あ……や、やめて、壊れちゃう……だめです、いやぁ！」

愛は身をよじって悲鳴を上げる。

だが容赦なくぎりぎりと狭いアナルをこじり、ねじ込むようにして剛棒が押し入ってきた。

めりめりとアナルが軋み、灼け付くような痛みが走る。

「くひぃ……！　ひ……ひぁあああっ」

肉襞への挿入とは次元の違う衝撃に、愛はのけぞって全身を波打たせた。

「くく──きつい、きついな。うむ、でもどんどん呑み込んでいくぞ、それ、それ」

島崎の巨大な肉塊が、ぐっぐっとアナルを貫き、まるで脳天まで串刺しにされたような激痛に愛は泣きわめく。

「ぁあああ……い、痛ぃ……ひぃ……うぐぅ……ひ、死、死んじゃう……！」

ついに根元まで深々と突き入れられた。

「ふう……よし。おめでとう。どう？　あいちゃん、姫始めのアナルファックの味は？」

「ひ……は、は……は」

愛は答えることもできず、酸欠の金魚のように口をパクパクさせて浅い呼吸を繰り返すのみだった。少しでも身動きすると、内臓が引き摺り出されるような恐ろしい錯覚に陥っていた。

ごーん──。

除夜の鐘の音に合わせて、島崎がゆっくり腰を振り始めた。ずしんずしんと、脊髄に重苦しい熱量が走る。

「ひ……ひぃ……ひぃいいいっ」

愛は口の端からよだれを垂らしながら、白目を剝いてしまう。

ヴァギナには極太のバイブレーター、アナルには島崎の剛棒という魔の二本責めに、意識が遠くなっていく。

だがやがて、激痛の後から、次第に尻奥からぽってりした熱い喜悦が押し寄せ、下腹部を包みだした。

「はふうぅ……うんん……くふぅううん」

悲鳴に少しずつ、甘いすすり泣きが混じり始める。

「ほう、もうよくなってきたのか。ふふふ、さすがに淫乱女優だ」

島崎は余裕たっぷりに腰を繰り出す。

ばつんと男の腰が打ち当たるたび、めいっぱい広げられた粘膜に焼ごてが当たったかのような灼熱の衝撃が走る。

「あぁ……あ、熱い……お尻が熱い……あぁん、変よぉ……変になっちゃうぅう」

「ケツが感じるか？　淫乱め。気持ちいいんだろう？」

島崎が突きを入れるほどに、愛の悩ましい喘ぎ声が昂まっていく。

「いやぁん……うぁあぁ……いやぁん……こんな……ああいやぁ……お尻でなんか……イキたくなぁい……」

じわじわ迫りきるアナルの快感に、愛は次第に溺れていく。

もはや痛みはなく、バイブレーターのもたらす鋭い悦楽と、アナルファックの与える重苦しい被虐の快楽に、身も心もどろどろに溶けていく。

ごーん——ごーん——ごーん——。

肉の楔《くさび》を穿たれるたびに、愛の脳に除夜の鐘の音が響きわたる。

「くく——さあ、ケツでイッてごらん。肉人形の新年の門出だよ。さあ、さあ！」

島崎が愛にぴったり身体を密着させ、肉茎を根元まで沈めたまま、腰を突き上げ乱暴にゆさゆさと揺すった。

「ひぃいいぃ……！　ぐうううぅ……あ、あ、怖い、ああ、怖い、どうしたらいいの……あぁ……だめっ、イッちゃう、お尻で、お尻で、イッちゃうぅうう～！」

悩ましい白い尻がくねくね悶え、愛は一瞬ひゅっと音を立てて息を吸い込み、次の瞬間絶頂を極め、がくりと首を折った。

淫らなアクメの瞬間、アナルがぎゅうっと窄まり、島崎の剛直を締め上げる。

「おう、出る——出すぞ、おおぅ」

島崎が低く吠え、愛の直腸めがけて、一気に精をしぶいた。

（ああ——汚れてしまう。どこもかしこも、全身いやらしく溶けてしまう……）

愛はなにも映さない瞳を虚ろに見開き、真っ白な法悦の世界に、意識を沈み込ませていった。

第七章　女王君臨

「先月デビューしました、アイドルグループ『タイフーン』です。よろしくお願いしまーす！」

三人のイケメンの若い男子が、一斉に頭を下げた。

「こちらこそよろしくね。芸能プロダクション『ｋａｎｎｏ』の社長菅野愛です」

愛は、ゆったりしたソファに深々と腰を下ろして、緋色の超ミニのワンピースからのぞくすらりとした脚を組み替える。彼女の後ろには、今や愛の仕事のパートナーとなり副社長として辣腕を振るっている、涼が控えている。

ここは都心の高層ビルの最上階にある、芸能プロダクション『ｋａｎｎｏ』のオフィスだ。

東京のビル街を一望に見下ろす明るい応接室でテーブルを挟んで、愛が売り出し中の男性アイドルたちを面接していた。

愛は胸元で腕を組むと、襟ぐりの深い襟元から乳丘の谷間をくっきりと覗かせてみせた。

青年たちの視線が思わず胸元に集中するのを、愛は見逃さない。

「うちでお世話するからには、今年一番の売れっ子アイドルにしてあげるわよ」

「ありがとうございます！」

三人が声を揃えた。

「それじゃ——脱いでみて」

愛のそのひと言を待っていたかのように、若者たちはぱっと立ち上がり、競うように服を脱ぎだした。

たちまち全裸になり、愛の前に並んで立つ。

男らしい黒髪の短髪、頭の回転の良さそうな茶髪のロングヘアー、目のくりくりした童顔——。

まだ線の細い、だがしなやかで贅肉ひとつない若々しい肉体たちだ。

股間の逸物も、それぞれに立派なものを持っている。

「まあ。みんななかなかいい身体してるわね——ハンサムぞろいだし……」

愛は少し身を乗り出して、吟味するように三人を見比べる。そしてゆっくり立ち上がった。

「でも、あっちの方はちゃんと働くのかしらね——」

そう言いながら、愛はワンピースの前ジッパーを下し、するりと脱ぎ捨てた。

服の下は、総レースの黒い下着姿だ。ハーフカップのブラがたわわな乳房をかろうじて支え、Tバックのパンティはぎりぎり淫部をおおっている。

若い三人が、ごくりと生唾を飲む音がした。

愛はゆっくりと焦らし気味にブラを外す。

ぷるんと豊乳がまろび出る。染み一つない陶磁器のような滑らかな乳丘だ。それから素早くパンティを脱ぎ捨てた。刈り込んだ陰毛が、ふっくらした恥丘をわずかに隠している。

「さあ——来て」

全裸になった愛は、ソファに長々と横たわり、青年たちに声をかけた。

「は……はいっ」

青年たちがおそるおそる愛に近づく。

「ほら早く！　一番私を気持ちよくさせた子が、アイドルポジションのセンター獲得よ」

その声に、青年たちがわっと愛に襲いかかった。

黒髪の短髪の青年が真っ先に、愛の乳房にむしゃぶりつく。

「っ……んんっ、あん、いきなり噛んじゃ痛いわぁ……」

愛はたしなめるように、胸に顔を埋めている青年の頭を撫でる。

「あっ、はい、すみませんっ」

黒髪の短髪の青年は、慌てて愛の乳首をこわごわ口に含んだ。

茶髪のロングヘアの青年は、愛の股間に顔を寄せ、クリトリスの周囲をねろねろと舌で舐る。

「ぁふぅ、そこ、いい……ああん、もっとぉ……」

目のくりっとした童顔の青年は、出遅れて立ちすくんでいる。その途方に暮れた様子を、愛は艶かしい目で見つめ、その股間のすでに勃起しきっているペニスに視線を落とした。

「ふふっ、あなたのが一番大きいみたい。来て、舐めてあげる」

「あ、はい……」

童顔の青年がそろそろと愛の顔に股間を近づけると、彼女は顔を上げて傘の開いた切っ先に紅い舌を這わせた。

「ううっ……」

童顔の青年が、端正な顔を上気させて呻く。

愛はその表情を見上げて、堪能しつつ舌をうごめかせた。

愛のパトロンであった島崎が、愛とのセックスの最中に突然、脳溢血で逝ったのは二年前だ。

子どものいなかった島崎の遺書には、ほとんどの財産を愛に譲ると記されていた。

そこで初めて、愛は島崎もまた、他の男たち同様自分の肉体に惚れ込んでいたのだと知ったのだ。

愛の胸に、ずっと押さえ込んできた、男たちに食い物にされてきた怨念がふつふつと甦る。

それとともに、もう二度と落ちぶれた惨めな思いをしたくないという切実な渇望も湧き上がる。

(――これは、最初で最後のチャンスかもしれない。芸能界を牛耳るチャンス――)

愛は残っていた啓介の借金を全て返した。

そして、啓介に離婚を申し出た。莫大な手切れ金を出す条件で、啓介はあっさり離婚を承諾した。

愛にはもはや、啓介への未練はなかった。

その後、愛は莫大な金と肉体を駆使して暗躍し、島崎の会社の幾つかを手中に収めた。特に、芸能プロダクション経営に辣腕を振るった。

今では芸能プロダクション『ｋａｎｎｏ』は、業界一の大手にのし上がっている。

社長である愛が自ら、新人の面接に当たる。

その際には、身体の隅々まで丹念に調べられるという噂が流れた。

特に、下半身は念入りに吟味されるという――。

『芸能界で成功したければ、菅野社長と寝ろ』と言うのが、駆け出し中売り出し中の歌手や俳優たちの定説になったのだ。

「んんっ、んんふぅん……あふぁん……」

若者二人に全身をくまなく愛撫されながら、愛は自らも夢中になってフェラチオに耽った。

熱く滾った若茎を、根元まで呑み込み、唾液をまぶしながら紅唇に力を込めて、きゅっきゅっと扱いていく。

「うぁあ……あ、しゃ、社長、す、すごいです、僕、あぁ……」

熟女のこなれた口唇愛撫に、童顔の青年は早くも絶頂に追いつめられている。

「んんふぅん……だ、めよぉ。まだイッちゃ、だめ……」

愛はぬるりと肉胴から唇を外すと、片手で青年の怒張をしごきながら、妖艶な眼差しで微笑む。

そのまま愛はソファから滑り降りると、傍に立っている涼に軽く目配せした。

涼がかすかに頷き、抱えていたセカンドバッグから、ハンディカメラを取り出した。

愛は、ふかふかの高級絨毯を敷き詰めた床に四つん這いになる。

熟しきった脂肪の乗った白い尻を、ぶるんと振ってみせた。

「さあ、私に挿れてちょうだい。私を真っ先にイかせてくれるのは、誰?」

「――僕です！」

童顔の青年が、他の二人を押しのけて、愛の背後に回る。

「社長、失礼します！」

そう声をかけて、彼は豊穣な白い双尻を両手で引き寄せ、すでにぱっくり開いてぬらついている蜜口に、先走り汁の漏れる亀頭を押し当ててきた。

挿入場所を確かめるように、二、三度先端で花唇をつついてくる。

「う……ん、そこよ、そのまま――」

愛は肩越しに童顔に振り向き、悩ましい視線を送る。

「はいっ、いきます！」

童顔の青年が鼻息荒く答え、ずずっと極太の肉幹が、火照った粘膜を突き破って侵入してきた。

愛は悩ましい溜め息を漏らした。

「あっ……はぁうんん……っ」

呼吸をするのに合わせ、下腹部にきゅっと力を込めて、男の脈動を締めてやる。

「おぅう、ああ、熱い、社長の中、きつくて、熱いです……」

まだ青さの残る小ぶりの腰をぐいぐい繰り出しながら、童顔の青年が酔いしれた声で言う。

「あっ……あぁっ……はぁっ、ああ、いいわ、上手よぉ……ふぁぁあん……」

妖艶な美貌を火照らせて、愛は甘いヨガリ声を上げる。重く垂れた巨乳がぶるんぶるんと、誘うように揺れた。

「ああ、我慢できないです——僕も、いいですか？」

茶髪の青年が、膝立ちで近寄り、前から愛の首筋や肩口にキスを落とし始めた。彼女の柔肌を味わいつつ、タプタプ揺れる乳房を掬い取り揉みしだく。

「あ——おっぱい、いいわぁ」

愛は上半身を起こし、茶髪の青年が乳房を舐りやすいようにした。

「ん、美味しいです、社長のおっぱい。すべすべしてて、甘くて——」

茶髪の青年は愛の白い肌がうっ血するほど強く吸い上げ、硬く凝った乳首にも舌を這わせる。先ほどの童顔の青年に思い切り嚙まれてひりひりしている乳嘴を、濡れた舌でねっとり転がされると、じんと下腹部が熱く痺れた。

「あぁん、はあっ、強く、もっと強く吸って——」

愛は茶髪の青年の首に両手を回し、胸元に引き寄せた。若者の性急で青臭い愛撫は、加減を知らないだけに情熱的だ。

「はい、社長――」

茶髪の青年がちゅうっと音を立てて乳首を吸い上げ、こりこりと前歯を立てて刺激してくる。

「あぁあ、あ、はぁっ」

愛は背中を弓なりに反らして、嬌声を上げた。

残された黒髪の短髪の青年が、途方にくれたように、びんびんに勃起している自分のペニスを握って扱いているのが、愛の目の端に入ってきた。

「あらあら、仲間外れはかわいそう。これから一緒に躍進していくメンバーですものね」

愛は乳房にむしゃぶりついている茶髪の青年と、背後から貫いている童顔の青年をいなすように手で押しやり、身体を表返した。

どろどろに蕩けた真紅の陰唇を見せびらかすように両足を広げ、茶髪の青年に命令する。

「あなた、仰向けになりなさい」

茶髪の青年が言われた通りにすると、愛は彼の股間に跨るようにのしかかる。

太茎の根元に手を添え、ひくひく開閉を繰り返す膣腔の中心めがけて、亀頭の先端を導く。そのまま、ゆっくり腰を沈めていく。

「はぁ、あ、んん、先っぽが、当たるぅ」

膣襞を押し広げる圧迫感がたまらなく気持ちいい。

ずぶずぶと巨根を呑み込みながら、愛は尻を振って側の茶髪の青年を誘う。

「あなた、後ろに挿れて」

「え？」

若い彼は戸惑う。アナルの経験はないのだろう。

そのためらう感じが、初々しくてぞくぞくする。

「だいじょうぶよ、指で広げながらゆっくり、挿れてみて」

愛に促され、茶髪の青年がおずおずと愛の背後に回ってきた。

若いしなやかな指が、後ろの窄まりを遠慮がちに撫で回した。その感触に、じわっと媚肉が疼き上がる。

「あん、そこ、挿れてぇ」

愛が尻をくねらせて催促する。彼女が腰をうねらせると、騎乗位になっている童顔の青年が、低く呻いた。

「あ、あ、社長、締まる――」

茶髪の青年が意を決したように、背後から愛にのしかかってくる。

熱く硬い先端が、ぬぷりと後孔に押し入ってきた。

「く、はぁ、あ、きついわぁ」

疼痛にひくつく後ろの窄まりが、脈打つ若幹にみっちりと埋め尽くされた。

「ああ、社長、お尻に、僕のお〇んちんが、全部ずっぽりと――」

茶髪の青年が震える声を出す。

「ううぅん、ああ、すごぉい、いっぱい、熱くて太いのが、いっぱい……」

愛は口唇を半開きにし、赤い舌を覗かせて悩ましく喘いだ。

彼女は、ひとりしきりにオナニーしていた黒髪の青年に声をかける。

「ん、あ、あなた、キスして……お願い」

黒髪の青年は、弾かれたように愛に近づくと、ちろちろ唇から覗くぬめった舌にむしゃぶりついた。

「んふぅ、んんぅ、んっ……」

性急に求めてくる若い舌に自分の舌を絡め、愛は存分に深いキスを堪能する。

背後で茶髪の青年がぐるりと大きく腰を押し回し、アナルを押し拡げてきた。

「あぁふう、あぁん、あうぅ」

愛は猥りがましい鼻声を漏らし、身体をのたうたせた。

「社長――」

負けじと、下から童顔の青年が腰を突き上げ、縦横無尽に抉ってくる。

「ぐ、ふぅ、う、激し……ふぐうぅ……」

濡れ襞が太竿で削られるたび、陰唇がいっそう淫らな疼きを増してくる。

背後から、次第に大胆になってきた茶髪の青年が、アナルを激しく抽挿してくる。

「……おぅ、う、くはぁ、んんぅ」

口腔を貪られているので、愛はくぐもった喘ぎ声しか漏らせない。

愛の手首ほどもありそうな張り詰めた若い肉棒が、会陰を隔てて互いにぐりぐりと擦りたててくる。

「ん、んぅ、あ、壊れ……んぅ、ふぅう」

熱い襞が交互に巨根に擦られて、ぐちょぬちょと愛液が泡立って結合部から掻き出される。

黒髪の青年が深いキスに耽りながら、愛の尖った乳首を両手できゅーっと強く摘み上げてくる。

「ん、んんぅ、あふ、ふあぁぁあ……」

頭が灼き切れそうな愉悦に、愛は汗ばんだ白い裸体を淫らに波打たせる。

法悦に溺れながら、愛は潤んだ瞳でちらりと涼の様子を窺うことを忘れなかった。

涼は淫猥に絡む四人の側で、冷静にハンディカメラを構えてムービーを撮影している。

若手の男優や女優たちの痴態は、こうやって全てカメラに撮っておくのだ。

この淫らな映像が、彼らの契約書だ。

そして、愛にとっては彼らを今後拘束する手形でもある。

(いいわ、涼——ぬかりなく頼むわね)

愛は心の中で彼に声をかけ、再び変態的なセックスに耽溺していく。

キスを仕掛けてくる黒髪の青年の下腹部をそっと弄ると、いきりたった剛直は、先端からひっきりなしに透明の先走り液を吹き出し、べとべとになっている。

どの子も見事な巨根の持ち主だが、黒髪の彼がひときわ大きい。

愛の小さい手では、指が回りきらないくらいだ。

太い血管がびくびく脈打つその剛棒を、愛はきゅっと握り、ゆっくりと扱いた。

「あっ、あ」

黒髪の青年がびくんと腰を浮かせ、キスを忘れて心地よげに低く呻いた。

「ん……おっきい……すごいわ、あなた……」

愛が力任せに握っても、滾り切った肉胴はビクともしない感じだ。強く摑んだ手を、ぐっぐっと太い陰茎の上下に滑らせた。

「ん、あ、あぁ」

男らしい太い眉毛を寄せて喘ぐ顔に、愛はきゅんとしてしまう。

(どの子も、いやらしくて青臭くて、可愛いわ)

愛は黒髪の青年の耳元で、悩ましくささやく。

「舐めてあげる」

黒髪の青年は、惚けたようにふらりと立ち上がり、愛の顔に股間を寄せてきた。

むんと男臭い若いフェロモン臭に、愛は酩酊しそうになる。

「は……むぅ」

口唇を思い切り開いて、ねじ込まれる肉茎を受け入れる。

「ふ、ふぅ、んん、んんっ、はふぁう……」

前からも後ろからも若いペニスで容赦なく貫かれ、口唇までめいっぱい塞がれて、愛はあまりの激烈な快感に気が遠くなりそうだ。

「あ、ああ、社長の口の中、気持ちいいです――」

黒髪の青年は目を伏せてうっとりした声を漏らしながら、熱い肉棒を愛の喉奥まで押し入れては、ずるりと引き摺り出して、再び強く突き入れる。

「社長、僕もいい――」

アナルを穿っている茶髪の青年が、がむしゃらに腰を打ち付けてきた。

「ひぃ、ひ、ぐううっ」

後孔が熱く灼け、背骨がぞくぞく刺激される。

「ああ僕だって――お○んこ、最高だ」

収縮する膣孔を、童顔の青年ががつがつと突き上げてくる。

「んん、んっ、んぅ、んんぅうっ」

ぐちゅぬちゅと、薄い襞一枚を隔てて熱く滾った剛直が、競い合って愛をアクメに追いやる。

「あ、ふぁ、ぐ、んんぅ、も、ふぁあ……っ」

もっと擦って、もっと満たして、もっと貪って――。

愛の頭の中は、すでにビジネスを忘れ、淫靡な快感だけを追い求める雌の欲望に支配されている。

（ああ、子宮が疼く、子宮が熱い。お◯んこが灼ける、感じちゃう、どこもかしこも、すごく感じちゃう……）

愛は目尻から歓喜の涙をぽろぽろこぼしながら、際限なくエクスタシーを極める。

口腔にねじ込まれ巨竿のせいで、顎がだるくなり感覚が無くなっていく。頭が麻痺して、痛みも苦しさも感じない。

「か……くぅ、はぁ……っ」

淫襞も後孔も口唇もすべて満たされ揺さぶられ、のたうつ愛の身体から玉のような汗が吹き出す。

（あぁん、イク、またイクぅ、終わらないのぉ、イッちゃううぅぅ）

唇をみっしり塞がれているせいで、思い切り嬌声を上げることが叶わず、行き場を失った熱い喜悦の激流が、髪の毛の先からつま先まで駆け巡り、意識が飛びそうな浮遊感に苛まれた。

求めるように腰をくねらせながら、愛はガクガクと身震いを繰り返す。

感じ入った肉襞と後ろの窄まりが、同時にきゅーっと猛烈な収斂を繰り返した。

「あ――社長っ」

「うぅ――っ」

膣肉に深く咥え込まれた雄茎と、アナルを押し広げていた剛直が、同時にびくびくと痙攣した。

熱い大量の奔流が、ほぼ一緒に前と後ろの粘膜に吹き上げた。

「ぐひ……いぃ、うぅうあぁ」

愛はぴーんと四肢を突っ張らせて、絶頂に打ち震える。

「く――っ」

口腔に突き立てられていた剛棒が、ぶるりと大きく弾けた。

「んんんー、ん、んぅっ」

どろりと熱い白濁が喉奥に吐き出され、愛の鼻腔を青臭い雄の香りが満たす。

愛は陶酔しきった表情で、喉を鳴らして精液を呑み下した。

その一方で、接合した粘膜からどぷりと熱い欲望の液が溢れ出す感触に、背中がぞくりと震えて、再び軽くアクメに飛んでしまう。

「は……はぁっ、は……はぁ……」

淫らな乱行にすべてを出し尽くし、四人は浅い呼吸を繰り返しながら、しばらくぐったりと折り重なっていた。

涼が四人の周りをゆっくり回りつつ、すべての淫行を撮影している。

(ああ……私はとうとう人生の頂点に立ったんだわ。今まで奪われたものすべてを、奪い返した——)

媚悦の余韻にたゆたいながらぼんやり思う。

すべてを手にいれた——そう確信しているはずだったが、なぜか一抹の不安を拭い去れなかった。

自分が本当に欲しかったものがこれなのか、という憂いが胸の奥底でしきりにささやいていた。

エピローグ

北国の最果ての港町に来たのは、生まれて初めてだった。

まだ初冬だったので、薄いコート一枚で東京から列車に乗ったことを、愛は少し後悔した。

無人駅から一歩出ると、小雪混じりの冷たい風が頬をなぶり、愛はぶるっと肩を竦める。

コートの襟を立てて、ひなびた街へ向かって歩き出した。

小さな街で、目的の店はすぐに見つかった。

商店街の中央通りの小さな飲み屋が連なる一番外れに、その店はあった。ペンキの剝げたドアに安物の看板が掛かっていた。

「ＡＩ」と書かれたその看板を、愛はしばらくじっと見つめていた。

それから、思い切ってドアを押し開ける。

ちりんとドアベルが鳴る。狭いカウンターと椅子が五脚、店内はひと気がなくて、薄暗かった。

ドアベルの音を聞きつけたのか、店の奥から一人のバーテンダーが出てきた。

「お客さん、まだ準備中なんですが――」

男が途中で口をつぐんだ。

愛は小声で言った。

「お久しぶり、酒井さん」

酒井は目を見開いて、愛を凝視する。

数年ぶりの酒井は、最後に会った時からあまり風貌が変わっておらず、愛は一瞬時間が止まっていたような錯覚に陥った。

「あいちゃん――よく、ここがわかったね」

酒井は気を取り直したようにカウンターの中に入り、店の電気を点けた。

ぱっと明るくなり、愛は眩しさに目を瞬き、とっさに片手で顔を覆う。

「灯り、点けないで――私、ひどい顔しているでしょう?」

酒井はグラスの用意をしながら、静かに首を振る。

「全然、今でもすごく綺麗だ」

愛は自嘲の笑いを浮かべ、そっとカウンターの椅子に腰を下ろした。

「嘘つきね――私の騒ぎ、知ってるでしょう?」

酒井は二つのグラスに冷えたビールを注ぎ、一つを愛の前に置いた。

「こんなド田舎じゃあ、東京の芸能界のスキャンダルなんて、誰も気にしやしないさ」

愛はその言葉にぐっと胸に迫るものがあり、黙ってグラスを手にした。

「とりあえず、乾杯。こんなところまで来てくれて、嬉しいよ」

酒井は自分もグラスを持ち、愛のグラスにかちんと軽く打ち合わせた。

愛はまだ顔を片手で覆ったまま、ひと口ビールを含んだ。冷たい液体が、疲弊しきった身体の隅々まで染み渡るような気がした。


涼が芸能プロダクション『ｋａｎｎｏ』の人気アイドルたちをごっそり引き抜いて、自分でプロダクションを立ち上げ、独立を図ったのは、三カ月前のことだ。

涼を信頼しきって、会社の経営や経理をすべて彼に任せていた愛は、涼が会社の金をこっそり使い込んでいたのを、その時になって初めて知ったのだった。

涼はかなり前から、芸能プロダクション『ｋａｎｎｏ』のドル箱アイドル歌手と恋仲になっていて、二人して愛を出し抜く計画を密かに立てていたのだ。

一瞬で、愛はすべてを失った。

涼は愛が所属芸能人たちを脅迫するために撮らせていた淫らなムービーを、逆に愛を引き摺り下ろす道具に利用した。彼はマスコミに、愛が自分のプロダクションのアイドルたちにした仕打ちを悪行としてリークした。

「芸能界女帝の爛れた私生活！」

「若手アイドルたちを貪った元アイドル社長のご乱行！」

マスコミはここぞとばかり愛を叩き、煽った。

愛は会社も金も信用も、すべて失った。

万策尽き果てた愛は、とうとう逃げるように東京を出た。

当てもなく地方を転々としていたが、持ち金も尽き、最後に愛がたどり着いたのは、元マネージャーの酒井が暮らしているという港町だったのだ。

「笑っていいわよ――虚栄心に振り回されたバカな女の末路を」

愛は深い溜め息をついて、投げやりにつぶやいた。

酒井はつまみのナッツ類を小皿に出しながら、ちらりと愛の横顔を見る。

「もう、なにもないわ。お金も権力も若さも美貌も……」

愛は芝居がかって肩を竦める。

「なーんにもない」

酒井はつまみをカウンターに置き、じっと両手を見つめていた。それから、ぼそりと言う。

「でも、俺の中ではあいちゃんはあいちゃんだ。永遠のアイドルだ」

愛は思わず苦笑した。

「アイドルって――今はただのおばさんよ」

ふいに酒井が顔を振り向けた。かつて色男だった名残か、目元がやけに艶っぽい。

「じゃあ、もう『伊藤あい』はこの世にはいないってことだ。君は、ただの女として、俺の前に現れたわけだ」

愛はどきんと心臓が跳ね上がる。

その時、自分はどうして最後にこの男のところにやってきたのか理解した。

愛の身体を通り過ぎていった男の中で、酒井は唯一、見返りを得ないで消えたのだ。一度、借財に来たときも、結局一円も受け取らずに姿を消した。

かつての初恋の人。自分の処女をすべて捧げた人――。

愛の胸の中に、すっかり忘れていた切ない感情が迫り上がってきた。

「おかえり――それとも、初めてまして、かな？」

酒井がカウンターを巡り、ゆっくりこちらに近づいてきた。

愛は顔を覆っていた片手を、そっと下ろした。

「初めまして、だわ」

愛はわずかに微笑んだ。

「酒井さんは、いつだって私の初めてを奪っていくの」

酒井の手が伸びて、愛の髪の毛を撫でた。その手が顎に添えられ、顔を持ち上げられる。

「ん……」

強く唇の裏側が触れ合い、男の舌が忍び込んでくるとそれを受け入れた。

「ふ……ん、んんっ」

歯列や歯裏をなぞられ、舌を絡み取られ何度も吸い上げられる。きゅーんとうなじのあたりが熱をはらんでくる。甘い痺れが全身に拡がり、子宮の奥がじんと蠢いた。

酒井の腕が強く抱きしめてきた。

全身に不可思議な多幸感が満ちた。

「はぁ……ぁ、あ」

キスだけで軽く達しそうになる。

男の片手が服越しに乳房をまさぐると、ブラジャーの内側で乳首がずきずきするほど硬く尖ってくる。

「あ、あぁ……」

突如、愛の中に凶暴なほどの獣欲が生まれ、気がつくと二人は毟り取るように、互いの衣服を脱がせ合っていた。

コートもシャツも剝ぎ取られ、乱暴にブラジャーが引き下ろされると、ふくよかな乳房がふるんと左右にまろび出た。

酒井はその胸に顔を埋め、凝った乳首を口唇に含む。

「あぁ、あんっ」

鋭い喜悦が下腹部に走り、愛はびくんと腰を浮かす。

酒井は口に含んでいない方の乳首を指で挟み、こりこりとすり潰すように刺激してくる。

「は、あぁ、あ……」

媚肉の奥がじんわり蕩け、ねっとりした愛蜜が滲み出てくるのがわかる。

太腿の狭間がどうしようもなくひくつき、思わず腰を酒井の下腹部に押し付けると、相手の股間も熱く張り出しているのを感じ、ますます淫らな気持ちに拍車がかかる。

もじもじと腰をくねらせると、男の片手が下腹部に這い下り、すでにびしょ濡れのパンティを指をかけてぐっと引き下ろした。

「んんっ……」

陰唇が期待に花開き、とろりと蜜を滴らせる。

「もう、こんなに濡れて……」

酒井が乳嘴を口に含んでくぐもった声を出し、恥毛を掻き分けた男の指先がぬるりと陰唇を撫でる。

「あ、ぁ、あ……ん」

蜜口の浅瀬をくちゅりと掻き回されただけで、臍のすぐ裏側あたりの感じやすい媚肉がひくひくおののいた。

酒井の指が溢れる愛液を掬い上げ、脈動するクリトリスをぬるぬると優しく撫で回すと、激しい尿意にも似た快感が身体の中心を駆け抜け、愛は腰が抜けそうになる。

「はぁっあ、あ、だめ、あぁ……っ」

クリトリスを指の腹で円を描くように撫で回されるのが、一番感じてしまうやり方で、酒井の指は巧みに愛を追い詰めていく。

陰核が充血して大きく膨らみ、包皮から顔をもたげた芯を刺激されると、あまりの心地よさに腰が引けてしまう。

「だめ、あ、もう、もう……早くて……だめぇっ」

愛は酒井のシャツにしがみついて、ぶるぶると首を振る。

「かまわない、イッていい」

酒井が低い声でささやき、上下に扱くようにクリトリスを愛撫し責め立て、愛はたちまち絶頂に駆け上ってしまう。

「っ——あ、あぁっ」

愛は酒井の腕の中で、びくびくと全身を波打たせた。

だらしなく両足が開き、どっと愛蜜が吹き出すと同時に、膣襞が物欲しげに収縮を繰り返す。

「はぁ、あ、いやぁ……こんな……」

初心な娘のように、指技で簡単に達してしまった自分が気恥ずかしくて、頬を火照らせて目を伏せた。

「可愛い——初めての時みたいに、恥ずかしがる君がすごく——」

酒井が感に耐えないという声を出す。

「あ……ぁ、酒井さん、お願い、あなたも……」

愛はたまらずに、酒井のズボンに手を伸ばし、ジッパーを引き下ろした。

太く硬い滾りを引き摺り出し、ゆっくりと手の平で扱く。鈴口から吹き出した先走り液で手がぬるぬる滑る。

「あ——」

酒井が小さく呻く。

愛はカウンターに背をもたせかけ、片足を酒井の足に絡めて引き付けた。

「来て——」

愛が片手で剛直の先端を秘裂に誘うと、酒井が性急に腰を寄せてきた。

「あん、ああっ」

力強く肉棒が侵入してくると、愛の蜜壺は歓喜してきゅんとすぼまった。思わず下肢に力を込めてきつく咥え込むと、酒井が苦笑まじりに言う。

「そんなに締めたら、押し出されてしまう」

「やぁん……」

愛は彼の低い声にすら、甘く背中が震えた。

せめぎ合う膣襞を押し広げるようにして、傘の張った先端がぐりぐりと押し込まれた。

「はぁ、あ、あぁ、挿ってくる……奥まで……あぁん」

愛は全身に駆け巡る深い快感にうっとりと目を閉じた。

膨れたカリ首がずずんと子宮口を突き上げると、深い愉悦の極みが再び襲ってくる。

「っ、あ、だめ、また、い、イッて……あぁあっ」

めいっぱい媚肉を満たされて、愛はびくびくと腰を震わせ、仰け反ってエクスタシーを噛み締めた。

「まだ、動いていないのに――」

酒井がからかうように耳朶に甘く歯を立てた。

「だって……すごく感じてしまって……止められない……」

愛は羞恥に顔を上気させ、息を弾ませた。

「君の中、熱くてきつくて——変わらない」

酒井はしみじみとした声を出し、ゆっくりと腰を穿ってきた。

「ん、あ、あぁ、あ、はぁっ」

愛は白い喉を仰け反らせ、男の背中に両手を回し爪が食い込むほど強く抱きしめた。

酒井の腰の抽挿は次第にねっとりと熱を帯びた動きになり、動きも速まってきた。

「っ、はぁっ、あ、いいっ……気持ちいい……あぁ、いいっ」

愛はうっとりと男根のもたらす快感を嚙み締め、悩ましい喘ぎ声を上げた。

酒井が腰を押し回し、子宮口を抉るように捏ね回すと、頭の芯がじぃんと痺れるほど深い愉悦が弾ける。

「んぅん、あ、いい、気持ちよくて、たまらない……っ」

男の腰の動きに合わせて、自分も腰をくねらせながら、愛はこんなに甘く濃密で深いセックスをしたのはいつだったろうか、とぼんやり思う。

「愛――」

腰の動きを加速させながら、酒井が耳元で名前を呼んだ。

その名を呼ばれた瞬間、堰が切れたように煌めく喜悦が結合部から脳芯に駆け上った。

「あああっ、あ、いいっ、あぁ、もっと……もっと、もっと、強く……もっとして……っ」

愛は唇を大きく開き、歓喜の嬌声を上げながら、深遠なエクスタシーの闇の中へ意識を手放していった――。

「週刊実話」２０１２年5月24日号〜12月13日号掲載の「奥様はアイドル」に、新たな章を書き下ろした上、大幅な加筆、さらに全面的に修正を行ないました。

また、文中に登場する団体、個人、行為などはすべて実在のものとはいっさい関係ありません。

二見文庫

元《もと》アイドル奥《おく》様《さま》、貸《か》し出《だ》します。

著者　渡辺《わたなべ》やよい

発行所　株式会社 二見書房
東京都千代田区三崎町2-18-11
電話 03(3515)2311［営業］
03(3515)2313［編集］
振替 00170-4-2639

印刷　株式会社 堀内印刷所
製本　株式会社 村上製本所

ISBN978-4-576-16167-9
http://www.futami.co.jp/